Dino

CLARISSA
Boys, Boys, Boys

H.B. Gilmour

Die Deutsche Bibliothek – CIP-Einheitsaufnahme

Ein Titelsatz für diese Publikation ist bei der Deutschen Bibliothek erhältlich.

*Dieses Buch wurde auf chlorfreiem,
umweltfreundlich hergestelltem
Papier gedruckt.*

In neuer Rechtschreibung.

© 2000 für die deutsche Ausgabe by Dino entertainment AG,
Rotebühlstraße 87, 70178 Stuttgart
Alle Rechte vorbehalten.
SUPER RTL™ & © 1996 CLT UFA
RTL Disney Fernsehen GmbH & Co. KG
Original English Edition © 1995 Viacom International Inc.
All rights reserved including the right to reproduce this book or portions
thereof in any form whatsoever. This edition published by arrangement with
the original publisher, Pocket Books, New York. Based on the Nickelodeon
series entitled „Clarissa Explains It All".
Originaltitel: Clarissa Explains It All – Boys.
Aus dem Amerikanischen: Christiane Jung, Hamburg
Titelfoto: Mark Malabrigo und Tom Hurst
Umschlaggestaltung: tab werbung GmbH, Thilo Bauer, Nina Ottow, Stuttgart
Satz: Greiner & Reichel, Köln
Druck: Graphischer Großbetrieb, Pößneck
ISBN: 3-932268-75-X

Dino entertainment AG im Internet: www.dinoAG.de
Bücher – Magazine – Comics

Clarissa erklärt euch alles
Boys! Boys! Boys!

Besteht Liebe eigentlich aus ganz bestimmten Zutaten? Manche Leute behaupten das! Manche Leute sagen, Liebe sei wie ein undefinierbarer Eintopf (allerdings sagt man das auch von Moms Hackbraten!).

Betrachten wir uns diese Spezies mal näher. Genau wie die Ken- und Barbie-Puppen und Power Rangers kommen Jungs in allen Formen und Größen vor …

Doch es gibt eine Zeit im Leben eines Mädchens, wenn einige dieser uralten Kumpel, Klassenkameraden und Bekannten irgendwie, na ja, anders werden …

In Dankbarkeit für Lisa, Louise, Alexandra und Mitchell. Und in Liebe für Lily Taylor-Mead, Dorothy Dubrule, Lindsey Shear und wie immer: Jessi G.

Clarissa erklärt euch alles

Habt ihr jemals „The Sound of Music" gesehen? Meine Mom liebt diesen Film. Das ist einer dieser Spaß-für-die-ganze-Familie Klassiker. Neulich erst lief er wieder im Fernsehen. Also, wenn ihr mich fragt, hat dieser Film einen ganz entscheidenden Fehler. Wenn Julie Andrews von ihren Lieblingsdingen singt, von Rosenblättern mit Regentropfen oder Kätzchen mit Schnurrhaaren ..., dann vergisst sie die absolute Hauptsache: Boys. Ich weiß nicht, wie es Julie geht, aber auf meiner Liste stehen sie auf jeden Fall. Genau zwischen Gummibärchen und schulfrei.

Was ist eigentlich so besonders an Boys? Na ja, sie sind eben ... schwer einzuschätzen. Mal sind sie witzig, fröhlich und albern herum, und dann hängen sie plötzlich deprimiert in der Ecke. Sie sind stark, aber sensibel. Clever, aber ohne Durchblick. Sie sind genauso wie ich, aber völlig anders. Hier einige Unterschiede: Ich rase nicht jeden Morgen vor den Spiegel und suche nach Fusseln über meiner Oberlippe. Und meine Ohrringe sind normalerweise bunter und interessanter als ihre. Aber nicht immer.

Wenn ich an einen Jungen denke, sehe ich ihn entweder als einen guten Freund oder als *meinen* Freund. Bei einem guten Freund kann ich objektiver sein. Ich sehe seine Macken und Vorzüge. Es nervt mich nicht unbedingt, wenn er schmutzige Fingernägel hat. Oder fettiges Haar. Es ist auch nicht wichtig, wie groß, begabt oder redegewandt ein Junge ist. Ich kann mich sogar mit einem absolut perfekten Typen entspannen – solange er nur ein Kumpel ist. Doch sobald er in die zweite Kategorie fällt, werden die Dinge kompliziert. Und *wichtig*. Jede kleinste Geste oder Äußerung bekommt auf einmal eine riesige Bedeutung. Ich hasse es, wenn das passiert. Aber ich mag das Gefühl dabei. Manche Leute nennen es Liebe.

Besser eine Liebe verlieren, als nie die Liebe zu spüren. Stimmt das oder stimmt das nicht? Darüber muss ich in letzter Zeit ziemlich viel nachdenken. Ich bin zu dem Schluss gekommen, dass man gar keine Wahl hat. Wenn die Liebe zuschlägt, kann noch nicht mal Kingkong sich dagegen wehren. Liebe passiert einfach. Aber was *ist* Liebe? Fragt zwei verschiedene Personen – zum Beispiel Mick Jagger und Mr.

Rogers – und ihr bekommt zwei unterschiedliche Antworten.

Eine kürzliche Umfrage in meiner eigenen Familie und bei meinen Freunden hat diese Beschreibungen von Liebe ergeben:

„Aufregend. Kreativ. Sehr gut konstruiert." – Marshall Darling, Architekt und Dad.

„Also, mein Schatz, ich würde sagen, Liebe ist wunderbar, sie ist köstlich, sie ist ... eben Liebe!" – Janet Darling, Mutter, Biogärtnerin und Tofu-Aktivistin.

„Extrem profitabel für Hersteller von Mundspray und Schuppenshampoo." – Ferguson „Gekko" Darling, Finanzplaner, Oberplage und *last*, aber definitiv *least*, mein Bruder.

„Ich hab nicht so viel Ahnung von Liebe, aber was Verabredungen betrifft ... na ja, das ist wie in diesem Lied: ‚Manchmal bist du die Windschutzscheibe, manchmal bist du die Fliege.'" – Sam Anders, Skateboard-Fahrer, Klassenkamerad und bester Freund.

„Echt das Letzte, weißte. Voll krass. Also, was soll's?" – Jade, Grunge-Königin von Long Island (davon später mehr).

Liebe ist großartig. Abgedreht. Wild. Verrückt. Anstrengend. Sucht euch was aus. (Wenn ihr alle Eigenschaften genannt habt, fügt eurem Punktekonto noch mal 150 hinzu!) Liebe bringt dich zum Lachen, Weinen, Beten, Wundern, Hoffen, Kichern, Flüstern und zum Schreien.

Ja, Liebe ist ziemlich schwierig zu definieren, aber sie ist genauso unvermeidlich wie das Wetter. Du kannst ihr nicht entkommen. Die Liebe fällt überall hin. Wie bereitet man sich also darauf vor? Wie bereitet man sich auf die unterschiedlichen Gefühle für einen guten Freund oder *den* Freund vor? Dieses Buch ist kein Regenschirm oder eine Sonnenschutzcreme mit Faktor 15. Es wird euch nicht beschützen. Es ist eher wie eine Wetterkarte, die die verschiedenen Möglichkeiten von Sonne bis Regen, von heiter bis wolkig darstellt. Denkt dran, Liebe ist unvermeidlich, aber ... genau wie Boys oder das Wetter – nicht immer vorhersehbar!

Du kannst nicht mit ihnen leben, aber auch nicht ohne sie

Boys, Boys, Boys. Manche Leute behaupten, sie seien wie ein undefinierbarer Eintopf. (Das sagen manche allerdings auch von Moms Hackbraten.) Betrachten wir uns diese Spezies einmal näher: Genau wie die Ken- und Barbie-Puppen und Power Rangers kommen Boys in allen Formen und Größen vor. Sie werden Väter, Onkel, Großväter. Sie machen eine Hälfte der Menschheit aus. Im Falle meines beknackten Bruders Ferguson trifft allerdings halb-menschlich eher zu.

Wir kennen sie schon ewig. Wir sind mit ihnen zusammen aufgewachsen. Haben ihnen in der Sandkiste die Schaufel geklaut und „Hänschen klein" mit ihnen gesungen, sie beim Buchstabieren von Biene Maja und Ketschup geschlagen, sind über ihre ausgestreckten Beine gestolpert, haben versucht höflich zu bleiben, wenn ihnen beim Mittagessen vor Lachen die Milch aus der Nase tropfte.

Doch es kommt eine Zeit im Leben jeden Mädchens, wenn einige dieser uralten Kumpel, Klassenkameraden und Bekannten plötzlich irgendwie, na ja, anders sind. Auf einmal stellen wir fest, dass der Idiot vom letzten Jahr sich jetzt zum coolsten Typen entwickelt hat. Wäre es zu viel verlangt, wenn er einem ein Lächeln schenkte, wo er jetzt keine Zahnspange mehr trägt? Und warum müssen wir auf einmal ständig den Jungen anstarren, den wir immer übersehen haben? Wir sind seit drei Jahren in der selben Klassen, und stellen jetzt erst fest, dass er diese wirklich umwerfend tiefe und verträumte Stimme hat.

Aber sind wir die Einzigen, denen es so geht? Nein, Mädels! Liebe ist die Sprache des Universums. Sie trifft Bienen ebenso wie Boys. Sogar meinen besten Freund Sam.

Ich bin Clarissa Darling. Die Tochter dieser beiden liebenswerten Recycler Marshall und Janet. Widerwillige große Schwester von Ferguson, dem nervigsten Rotschopf seit Woody Woodpecker. Und jeder, der mich kennt, kennt auch Sam.

So war es schon immer. Genauso wie bei Ren und Stimpy, Tom und Jerry, meinem Bruder Ferguson und Attila, dem Hunnen. Sam und ich sind die besten Freunde. Wir reden jeden Tag. Wir helfen uns bei den Hausaufgaben. Sam hängt immer bei mir rum. Er hat sogar seinen eigenen Eingang – eine Leiter zu meinem Zimmerfenster.

Eines milden Frühlingstages war ich in meinem Zimmer und wartete darauf, dass Sam herüber kam, um für Mathe zu üben. Während ich zuhörte, wie die Vögel, die Grillen und die Würmer unten im Gras herummachten, dachte ich, dass der Frühling wohl die romantischste – und lauteste – Jahreszeit ist. Die Zeit, in der die meisten Wesen ihr Männchen-Weibchen-Paarungsding durchziehen.

Werfen wir einen Blick auf die Kandidaten bei diesem Werbungsspiel.

Der Pfau. (Glaubt mir, ich weiß, was ich sage.) Der Pfau hat eine sehr interessante Auffassung davon, wie er jemanden beeindrucken kann: Er stolziert herum. Hey, zeig uns, was du hast, wie ich immer sage. Sogar ein Frosch plustert sich auf, wenn er verabredet ist. Wer weiß, wenn er geküsst wird, verwandelt er sich vielleicht in einen Prinzen. Und diese Technik ist gar nicht so weit von den Werbungsversuchen einer bekannteren Art entfernt: dem amerikanischen aufgeplusterten Männchen. Stellt euch Sam vor, wie er vor dem Spiegel auf und ab stolziert – sein Haar wird glänzender, die Kleidung modischer und dieser Blick in den Augen abgedrehter und abgedrehter.

Ich hätte wissen sollen, dass irgendwas im Busch war, als Sam an diesem Tag den Pfauengang vor meinem Spiegel ausprobierte ... Als er diesen Ich-bin-ein-verwunschener-Prinz Froschblick in seinen Augen bekam. Ja, die Werbungsrituale eines Teenagers sind nicht zu übersehen. Wenn du ein Löwe oder eine Nacktschnecke oder ein Mensch bist, ist der Frühling die beste Zeit für die Liebe. Und es sah ganz danach aus, als wäre mein bester Freund Sam gerade an diesem Frühlingsfieber erkrankt!

Sam ist verliebt

Es war Montagabend. Ich brütete gerade über einem Buch mit dem Titel „Mehr als Mathe" und wartete auf das Klonken von Sams Leiter gegen mein Fensterbrett. „Mehr als Mathe". Klingt langweilig? Das fand ich auch. Ich dachte: *Okay, das Problem bei Textaufgaben ist vor allem der Text. Wenn zum Beispiel ein Bauer drei Hühner hat, von denen jedes am Tag sechs Eier legt ...*

Gähn! Zeit für ein Nickerchen. Wer interessiert

sich schon für Hühner und Eier? *Reden wir doch über etwas aus dem wirklichen Leben,* dachte ich. Wenn zum Beispiel ein echt süßer Bauer drei Sportcabrios hat und jedes täglich sechs Kilometer fährt … Schon habt ihr meine ungeteilte Aufmerksamkeit. Warum kniete ich mich so in Mathe, fragt ihr? Na ja, Sam und ich machten beim Mathalon der Schule mit. Das ist so eine Art Mathe-Olympiade der High Schools. Wenn wir gewinnen würden, könnten wir zu den nationalen Mathalon-Wettbewerben fahren – ins sonnige Waikiki! Sam wartete schon mit seinem Surfbrett unterm Arm. Ich wartete nur auf Sam.

Ka-lonk! Da kommt die Leiter, gefolgt von meinem besten Freund und Mathalon-Partner.

„Hi, Sam. Wir legen lieber gleich los", sagte ich.

Seine Turnschuhe berührten kaum den Boden. „Tut mir Leid, dass ich zu spät komme, Clarissa."

„Schon in Ordnung. Mach dich bereit zum Multiplizieren, Dividieren und Siegen! Hier, guck dir mal diese Aufgabe an", begann ich.

„Meine schwierigste Aufgabe ist im Moment das Telefon."

„Das Telefon? Was hat das Telefon mit dem Mathalon zu tun?"

„Na ja", sagte Sam mit einem verdächtig abgedrehten Seufzer, „ich kann mich einfach auf nichts anderes konzentrieren."

„Na gut, wenn eine Telefongesellschaft jeden Tag sechshundert Anrufe vermittelt", begann ich. Aber als ich aufsah, betrachtete Sam sich gerade im Spiegel. „Sam, was machst du da?"

„Oh. Tut mir Leid", sagte er, ohne sich auch nur umzudrehen und mich anzuschauen. „Sind meine Haare okay?" Er machte zwei seltsame Schritte, wie zu einer für mich nicht hörbaren Musik.

Seine Haare waren so dick, verwuschelt und mittelscheitelig wie immer. „Bestens", versicherte ich ihm, „aber warum tanzt du?"

„Hä?", fragte er. „Ich hab nicht getanzt."

„Okay. Du hast nicht getanzt, du hast nur mit dem Hintern gewackelt. Jetzt lass uns anfangen."

„Klar", sagte Sam und probierte im Spiegel verschiedene Arten zu lächeln aus.

„Sam!" Ich nahm das Mathebuch und stellte mich neben ihn. „Du kriegst zehn Punkte auf der RVV-Skala!"

„RVV?"

„Radikale Verhaltensveränderung", erklärte ich. „Entweder hast du eine prä-mathalonische binominale Störung, oder … sag du es mir."

„Na ja, also eigentlich habe ich ein Problem mit Q", sagte er.

„Du meinst mit X."

„Ich meine", sagte Sam und blickte mir endlich in die Augen, „mit Elise Quackenbush."

„Elise? Die ewig lächelnde Elise?"

„Ja", sagte dieser seltsam andere Sam, der ebenfalls verträumt vor sich hin lächelte. „Ich liebe es, wie sie ihre Nase kräuselt. Und hast du mal gesehen, wie sie eine Limonade trinkt? Diese süße Art, wie sie den letzten Tropfen mit dem Strohhalm schlürft. Und wie sie sich ihr langes, tolles Haar um die Finger wickelt …"

„Sam!", drängte ich. „Erde an Sam. Ich freu mich ja, dass du und Elise euch gefunden habt, aber wir müssen anfangen zu lernen, wenn wir die Ufer von Waikiki erreichen wollen. Okay, lass uns mit den Formeln anfangen. Wenn du $A^2 \times B^2$ …"

Es war sinnlos.

„Clarissa, ich brauche deine Hilfe", erklärte Sam und schob das Mathebuch weg. Da sah ich seine Hand. Eine Nummer war auf den Handrücken gekritzelt. „Ich muss Elise anrufen. Ich muss den ganzen Tag an sie denken … und ihre Telefonnummer auf meiner Hand anstarren. Ich kann mich nicht konzentrieren, bevor ich mich mit ihr verabredet habe!"

„Dann verabrede dich doch mit ihr."

„Aber Clarissa, wenn sie nun Nein sagt! Der einzige Kontakt, den wir hatten, war in der Cafeteria, als sie mir mit dem kleinen Finger zuwinkte."

„Hört sich doch viel versprechend an", versicherte ich ihm. „Ruf sie an."

Er zeigte mir wieder seine Hand. Jetzt hatten sich seine Finger gekrümmt, als umklammerten sie eine unsichtbare Orange. „Jedes Mal, wenn ich Elises Nummer wählen will, verkrampft sich meine Hand."

„Stell dir einfach vor, du rufst den Pizza-Service an", schlug ich vor. In Gedanken sah ich, wie Sam mit seiner Kralle Waikiki Auf Wiedersehen winkte. „Los, ruf an und bring es hinter dich."

„Ich kann nicht", stöhnte Sam. „Ich weiß nicht mehr, ob ich Pepperoni oder extra Käse wollte. Bitte, Clarissa, ich werde für den Rest meines Lebens zum Mathestreber, wenn du sie für mich anrufst!"

„Fein", sagte ich, „wenn das alles ist." Ich tippte die Nummer ein und drückte Sam den Hörer in die Hand.

„He", protestierte er. Aber Elise war schon dran. Das konnte ich an der grünen, liebeskranken Froschfarbe sehen, die Sams Gesicht angenommen hatte. „Äh, hallo, ähm, ähm, bist du es, Elise?", fragte er. „Hier ist …"

„Sam", erinnerte ich ihn.

„Sam", sagte er. „Sam aus der Schule. Hi. Ich ruf bloß an, um zu fragen, ob du, ähm …"

„Mitkommen willst", flüsterte ich.

„… mitkommen willst", sagte Sam, „zum, ähm …"

Ich warf einen unsichtbaren Frisbee.

„… zum Frisbeespielen morgen Nachmittag", brüllte er. „Oh, wirklich? Toll. Bye." Er legte auf. Er war wie vor den Kopf geschlagen.

„Sam", sagte ich sanft. „Es tut mir Leid. Ich dachte, es wäre das Beste, einfach in den sauren Apfel zu beißen. Ins kalte Wasser zu springen. Komm, sei nicht traurig."

„Wieso sollte ich traurig sein?" Plötzlich strahlte er. „Sie hat Ja gesagt! Ich kann nicht glauben, dass sie Ja gesagt hat!" Dann wirbelte er herum und rannte zum Fenster.

„Sam, was soll das? Wir müssen uns an diese Gleichungen machen!"

„Ich muss mich auf das Frisbee-Spiel vorbereiten. Wenn ich nicht übe, sehe ich morgen wie ein Idiot aus."

„Aber wenn wir nicht für den Mathalon üben, heißt es adios aloha."

„Gut, wir holen den Mathekram übermorgen nach", versprach Sam und kletterte aus dem Fenster. „Und danke, dass du mir geholfen hast, Clarissa", rief er, während er über die Leiter verschwand.

Wie kommt es, dass man sich manchmal selbst völlig hilflos fühlt, wenn man anderen Hilfe zur Selbsthilfe leistet, fragte ich mich, als ich ihm nachwinkte.

Am Mittwochnachmittag kehrte Sam auf seinem üblichen Weg in mein Zimmer zurück. Das vertraute Geräusch der Leiter, die wieder gegen mein Fensterbrett schlug, beglückte mich. Ich hatte zwei spaßige Tage damit verbracht, allein über den Textaufgaben zu brüten. Die eine, auf die ich immer wieder stieß, lautete: Wenn zwei Personen eigentlich für einen Mathalon üben sollen und eine Person davon verschwindet, wie viel hat man dann übrig?

„Hi, Sam", sagte ich, „am besten legen wir gleich los."

„Yeah. Aber, ähm, könnten wir vielleicht später anfangen? Zum Beispiel morgen?", fragte mein Partner. Ich stellte fest, dass seine Baggy-Shorts verdächtig sauber aussahen und die herunterhängenden blauen

Socken beinahe zu seinen schwarzen Turnschuhen passten.

„Sam", erinnerte ich ihn, „es war deine Idee, uns für den Mathalon zu melden. Du bist derjenige mit dem Surfboard."

„Wir werden morgen den ganzen Tag lernen", versprach er. „Ich wollte mich bloß bei dir dafür bedanken, dass du mich und Elise zusammengebracht hast."

„Ich hab nur ihre Nummer gewählt. Aber was hat das mit dem Mathalon zu tun?"

„Na ja, ich habe Elise versprochen, heute ihr Fahrrad anzustreichen."

„Okay", sagte ich, „dann also später."

„Später malen wir meins in der gleichen Farbe an."

„Und danach?"

„Wenn die Farbe getrocknet ist, drehen wir zusammen 'ne Runde."

Was sollte ich dazu sagen? Sam schien so glücklich, so ... na ja, irgendwie seltsam. Sein Gesicht strahlte. Seine kleinen Augen funkelten. Man konnte praktisch sehen, wie sein Herz durch sein Surfer-T-Shirt klopfte und die Wellen darauf rollen ließ, als wären sie echt. Vielleicht erklärte das dieses leichte Unwohlsein, das ich empfand. „Das ist wirklich ... süß, Sam", brachte ich heraus. „Viel Spaß."

„Ich wusste, du würdest das verstehen." Er grinste. Ich glaube, eines dieser Lächeln wieder zu erkennen, die er am Montag vor meinem Spiegel geübt hatte.

„Willst du wirklich immer noch an diesem Mathalon teilnehmen?"

„Unbedingt", sagte Sam. „Aber jetzt muss ich los. Elise wartet. Du bist die Beste, Clarissa."

„Ich weiß, ich weiß", sagte ich. „Es ist ein Fluch." Aber da war er schon aus dem Fenster und auf halbem Weg die Leiter heruntergeklettert und dachte mit Sicherheit an nichts anderes mehr, als wie er Elise Quackenbushs Zweirad auf coolste Art verschönern konnte.

Ich schrieb Sam und mich am Freitagnachmittag für den Mathalon ein, obwohl ich Sam nicht finden konnte. Ich konnte mir allerdings vorstellen, auf welch entzückende Weise er und die wunderbare Miss Quackenbush die Woche verbracht hatten. Ich sah sie förmlich, wie sie sich einen Erdbeermilchshake teilten, Wange an Wange, die Lippen um zwei gestreifte Strohhalme gekräuselt. Sam, wie er gespannt auf Elises blubberndem Restschlürfer wartete. Ich stellte mir vor, wie sie Hand in Hand über den Jahrmarkt schlenderten, voll beladen mit Plüschtieren, die sie füreinander gewonnen hatten. Ich sah Sam hemmungslos lachen, während Elise auf ihrem mintfarbenen, goldbeschrifteten Fahrrad mit herzförmigem Sattel Kreise drehte. Ich stellte mir vor, wie sie all diese wundervollen Dinge taten – alles, außer Wurzeln ziehen.

Vorsicht vor dem Fall. Ich nehme an, es ist schwer, sich für Quadratwurzeln zu interessieren, wenn man gerade im Frühlingshimmel schwebt. Wenn sich ein Kumpel verliebt, müssen die besten Freunde manchmal auf dem Rücksitz Platz nehmen. Hab Geduld. Nimm es nicht persönlich. Wenn du wieder an der Reihe bist, versuch einfach, beides in Einklang zu bringen – Liebe und Freundschaft. Normalerweise braucht man seine Freunde umso mehr, je härter man wieder auf den Boden fällt. Denkt dran, die Liebe ist ein prächtig' Ding ... aber wie kommt es, dass einem alles wie ein großes Trotteltreffen erscheint, wenn man selbst nicht verliebt ist?

Na ja, kann man Sam wirklich böse sein, dachte ich, als ich mir an diesem Nachmittag in der Privatsphäre meiner Küche ein Glas Orangensaft eingoss. Wenn ich im Garten der Liebe wandeln würde, hätte ich vermutlich auch keine Zeit für Mathe, sagte ich mir.

Und beinahe hätte ich es auch geglaubt – bis Ferguson, mein Bruder vom anderen Planeten, mit einem Buch unterm Arm hereinkam.

„Ähem", gab er bekannt, „wir hätten ebenfalls gern noch etwas Saft."

„Wir? Hast du heute deinen imaginären Freund mitgebracht?", fragte ich, weil ich niemanden sehen konnte, der die Nacktschnecke eskortierte.

„Hast du noch nie was vom Pluralis Majestatis gehört?"

„Du meinst wohl den Pluster-Majestatis", schlug ich vor.

„Wir haben zufällig ein wenig königliche Spurensuche betrieben", sagte er und schnüffelte in der Luft wie ein königlicher Beagle. „Und dieser Text deckt unsere wahre Abstammung auf." Er hielt mir den Buchdeckel hin. „Das königliche Stammbuch: Band A-F" stand darauf. Dann schlug er es auf und zeigte auf einen Eintrag. „Der kindliche König Ferginand von Moldirien", las ich. „Moldirien? Was ist Moldirien?"

Vielleicht sollte ich euch erst mit einigen Darling-Anekdoten versorgen: Zu Lichtmess hatte Tante Dorney meinem Bruder Geld geschickt (ich hatte eine Fusselbürste aus Porzellan in Form einer Ente bekommen, aber was soll's). Ferguson wollte das Geld auf die Bank bringen und brauchte seinen Personalausweis, um ein Konto zu eröffnen. Als Mom danach suchte, war der Ausweis nicht mehr da. Das war alles, was Ferguson benötigte, um zu beschließen, dass man seine wahre Abstammung vor ihm geheim gehalten hatte. Jetzt hatte er sie offenbar gefunden.

„Ein stolzes, längst vergessenes Land", sagte er in seinem nervtötenden König-von-Moldirien-Tonfall. „Wir werden am kommenden Tage die Huldigungen entgegennehmen."

„Kannst du dein demütigendes Verhalten nicht abstellen, bis es offiziell bestätigt wird, dass du nicht mein Bruder bist?"

„Deine Demütigung ist bereits ohne unsere Hilfe vollkommen", sagte Ferguson und überreichte mir ein Blatt Papier. „Erlaube mir, dir die Liste der Mathalon-Teilnehmer zu präsentieren. Achte besonders auf die Nummer sieben."

Ich hatte sie bereits beachtet. „Sam und Elise?", las ich entsetzt. „Sam und Elise sind jetzt Mathalon-Partner?"

„Wir bedauern unendlich", sagte die königliche Plage. „Offenbar hast du in ein und derselben Woche die Verwandtschaft mit einem König und die Partnerschaft mit einem Bauern verloren."

Ferguson hatte gar nicht mal so Unrecht. Es war wirklich eine *wochus horribilus* gewesen. Eine einzige große Substraktion. Mein Bruder hatte seine letzte funktionierende Gehirnzelle verloren und ich einen Mathalon-Partner. Ich hoffte bloß, ich würde nicht zu guter Letzt noch meinen besten Freund verlieren!

Mittlerweile hatte Mom das ganze Haus auf den Kopf gestellt, aber Fergusons Ausweis immer noch nicht gefunden. Stattdessen fand sie 36,52 Dollar in Münzen, die weltgrößte Staubflocke und meine Schlafpuppe, die ich verloren hatte, als ich zwei Jahre alt war. Und für den Mathalon wurde der Neue der Klasse, Ernie „Finger" Leiberkow, mein neuer Partner. Man nannte ihn Finger, weil er daran abzählte. Was bedeutete, dass ich mir in diesem Jahrhundert keine Gewinnchancen für den Mathalon ausrechnete.

Doch ich blieb dran. Am Samstagmorgen hatte ich es mir mit ein paar Kosinus-Aufgaben auf dem Sofa gemütlich gemacht, als meine Mutter sagte, eine Freundin wäre an der Terrassentür. Zögernd löste ich mich von „Mehr als Mathe" und ging raus. Dort stand Elise Quackenbush.

„Hi, Clarissa", sagte sie und warf ihr üppiges Haar nach hinten.

„Hi, wo ist Sam?", fragte ich.

Elise sah etwas gequält aus. „Na ja, eigentlich wollten wir uns nachher treffen, aber … Clarissa, ich glaube, ich werde Schluss mit ihm machen."

„Aber ich dachte, ihr beiden wärt richtig zusammen."

„Na ja, das waren wir auch", sagte Elise, „aber … versteh mich nicht falsch, ich mag Sam."

Ich nickte.

„Aber meine Art zu mögen ist eben anders als die von Sam", fuhr sie fort. „Du weißt schon, was ich meine."

„Klar, das ist schon in Ordnung. Manchmal passt man eben einfach nicht zusammen, das ist alles."

„Ich dachte nur, du weißt vielleicht, wie ich am besten mit ihm Schluss machen kann", sagte Elise. „Weil er ja dein bester Freund ist und so."

„Sam kann so was gut wegstecken", erklärte ich ihr. „Tu einfach, was ich auch tue. Sag ihm einfach, was du denkst."

„Das wird nicht leicht sein", fuhr Elise unbehaglich fort. „Ich glaube nämlich, dass Sam mir allmählich auf die Nerven geht."

Ich muss zugeben, dass mich das überraschte. „Wirklich? Sam geht dir auf die Nerven?"

„Und wie", gestand Elise. „Die Art wie er lacht, wie er dir das Essen vom Teller pickt, dass er nie sein T-Shirt in die Hose steckt. Alles."

„Wow. Das sind genau die Dinge, die ich an Sam richtig cool finde."

Jetzt war Elise an der Reihe, überrascht zu sein. „Wirklich?"

„Wirklich. Sein Lachen zum Beispiel kann mich aus echt mieser Stimmung herausholen."

„Yeah, manchmal ist es vielleicht süß. Aber nicht immer."

„Nichts ist immer süß."

„Ich mochte es auch mal", erinnerte sich Elise. „Vielleicht habe ich ihn einfach zu oft gesehen, dass es jetzt des Guten zu viel ist. Er hat wirklich eine besondere Art."

„Das hat er. Ich glaube, ich kann Sam nur durch meine Bester-Freund-Augen sehen", gestand ich.

„Er ist ein toller bester Freund. Wow, Clarissa", sagte Elise plötzlich strahlend. „Ich war echt fest entschlossen, mit Sam Schluss zu machen. Aber jetzt sehe ich, was für ein toller Typ er ist. Vermutlich finden ihn eine Menge Mädchen echt cool. Danke, Clarissa. Du hast mir wirklich geholfen." Und schon drehte sie sich um und wollte gerade aus dem Garten sprinten.

„Aber Elise, ich habe doch gar nichts gesagt. Wenn du mit ihm Schluss machen willst, dann solltest du das tun."

Sie bremste ab. „Ich sollte mit Sam Schluss machen?"

„Nein! Ich meine, ja! Ich meine, folge deinem Herzen."

Sie lief zurück und drückte mir die Hand. „Sam hat Recht. Du kannst einem wirklich helfen. Ich muss los", sagte sie und machte sich wieder davon. „Ich treffe mich mit Sam in der Mall. Danke noch mal!"

Nehmt meinen Rat an – ich brauche ihn nicht mehr. Hör ich mich schon wie die Ratgebertante im Fernsehen an? Ja, wahrhaftig, an dieser Stelle sah ich das Schild ‚Vorsicht Glatteis' – und raste im vollen Tempo weiter. Und wovor sollte man sich vorsehen? Vor dem Glatteis der Ratgeberei. *Muy glitscherioso*. Nehmt meinen Rat an: Gebt keine Ratschläge. Passt auf, dass ihr nicht mitten in die Probleme von Verliebten geratet – auch nicht, wenn ihr dazu aufgefordert werdet. Wenn die Ratgebertante im Fernsehen mitten in anderer Leute Probleme steckt, kriegt sie wenigstens ordentlich Knete dafür.

An diesem Nachmittag hatte ich gerade mit meinem Mathalon-Partner Finger telefoniert, als nichts anderes als der zottelige Kopf meines längst verloren geglaubten besten Freundes Sam vor meinen erstaunten Augen auftauchte. „Hey, wie sieht's aus?", lautete seine Begrüßung, während er über das Fensterbrett kletterte.

„Och, du weißt schon", sagte ich leichthin. „Kosinus. Tangenten. Finger, der versucht, bis zehn zu zählen. Wie geht's dir?"

„Na ja, ich hab letztens ziemlich viel Zeit mit Elise verbracht."

Ach ja?, dachte ich. *Was du nicht sagst.*

„Und jetzt ist es irgendwie so ... komisch", fuhr Sam fort. „Clarissa, ich war sicher, dass Elise mit mir Schluss machen wollte. Aber irgendwie hat sie ihre Meinung geändert."

„Das ist doch gut, oder?", fragte ich hoffnungsvoll.

Sam spazierte vor mir auf und ab und legte einige Kilometer auf dem Teppich zurück. „Ehrlich gesagt hatte ich gehofft, dass sie den ersten Schritt macht und sich von mir trennt. Damit ich es nicht tun muss."

„Wie bitte? Ich dachte, du magst sie."

„Das war früher", sagte Sam. „Bevor sie anfing, mir auf die Nerven zu gehen." Er warf mir einen Blick zu und antwortete dann auf meine Frage, bevor ich sie gestellt hatte. „Ich weiß auch nicht, warum. Wenn ich es rausgefunden habe, erkläre ich's dir – es sind all diese kleinen Dinge. Zum Beispiel diese dämliche Art, wie sie beim Lachen ihre Nase kräuselt."

„Sam ... das hast du doch gerade an ihr gemocht", erinnerte ich ihn.

„Hast du gemocht ist richtig. Und die Art, wie sie den letzten Schluck Limonade mit ihrem Strohhalm aus der Dose schlürft. Jedes Mal. Das macht mich wahnsinnig. Und immer muss sie sich die Haare um den Finger wickeln. Und deswegen ..." Er nahm mein Mathebuch in die Hand, blätterte es durch und warf es wieder auf meinen Schreibtisch. „Denkst du, wir können wieder Mathalon-Partner sein?"

„Auf keinen Fall, Sam", platzte ich leicht zickig heraus. „Du hast mich hängen gelassen, um mit ihr zusammen zu sein und jetzt kommst du wieder an, nur weil du deine Meinung geändert hast?"

„Ich glaube, ich habe mich ziemlich idiotisch verhalten", sagte er mit unwiderstehlichem Ernst. „Tut mir Leid wegen des Mathalons ... es hat mich einfach übermannt."

„Außerdem ... was sollte ich Finger sagen?"

„Keine Ahnung ... was soll ich Elise sagen?"

„Ich weiß es nicht, Sam", sagte ich und dachte daran, was passiert war, nachdem ich für Elise die Ratgebertante gespielt hatte. „Glücklicherweise sind mir die Ratschläge gerade ausgegangen."

Ja! Das habe ich gesagt. Das habe ich gemeint. Keine Ratschläge! Und eine Sekunde später, als Sam mir erklärte, dass er Elise nicht wehtun wolle, ertappte ich mich selbst dabei, wie ich ... na ja, keine Ratschläge erteilte, aber sie recycelte. „Sam, ich glaube, Elise kann gut damit umgehen. Sag ihr einfach, was du denkst", schlug ich vor. Es war genau dasselbe, was ich Elise gesagt hatte.

„Aber ich muss weiterhin mit ihr lernen", sagte Sam betrübt. Dann wurde er plötzlich munter. „Hey, meinst du, wir könnten hier mit dir zusammen lernen? Zu zweit zu lernen, wäre jetzt wirklich unangenehm. Außerdem ...", Sam ging auf Überredungskurs, „wäre es nicht lustiger, mit uns zu lernen als mit Finger?"

Ich dachte an den nervös herumfingernden Ernie

Leiberkow. Er war ernst. Er war entschlossen. Aber wenn wir eine Mathe-Aufgabe lösen sollten, die über zehn hinausging, würde er seine Schuhe ausziehen müssen! „Da hast du Recht, Sam", sagte ich. „Ich werde darüber nachdenken."

„Danke!", rief Sam, schulterte seinen Rucksack und lief wieder zum Fenster. „Clarissa, du bist wirklich die beste Freundin!"

Zwei geteilt durch drei geht nicht. Wie konnte ich nur in etwas hineingeraten, von dem ich noch nicht einmal der gemeinsame Nenner bin? Also, Mathe-Fans, hier kommt die Erklärung. Drei ist eine ungerade Zahl – besonders, wenn zwei Leute versuchen, etwas zu klären! Ob man nun über Handball oder Freundschaft redet, es gibt immer Strafminuten wegen Einmischung. Stellt es euch mal als Videospiel vor: Drei Ruderboote versuchen, durch den Liebestunnel zu kommen. Sams Ruderboot fährt rechts, Elises Boot links. Und ratet mal, wer in der Mitte rudert und ständig gerammt wird, sobald die beiden an eine schwierige Stelle kommen? Genau! Wir fahren über die Stromschnellen, tauchen bei den Gebrochenen Herzen unter und versuchen, nicht die Felsen zu rammen. Plötzlich ändern Sam und Elise ihren Kurs.

Sie paddelt nach rechts, um Amors Pfeil auszuweichen. Sam dreht nach links ab, um den Großen Zusammenprall zu vermeiden. Aber warum werde ich zerquetscht, wenn sie aufeinander zusteuern?

Ich beschloss, die Stimme der Vernunft zu fragen: Janet Darling – liebevoll Mom genannt. Aber als ich runterging, flogen gerade alte Kleidungsstücke, Spielzeug, Bücher und unbekannte Objekte aus jeder Tür und Schublade. „Ich verliere noch den Verstand!", hörte ich die Stimme der Vernunft sagen.

„Hallo, Mom", sagte ich beim Anblick dieses Durcheinanders. „Die Große Suche geht also weiter?"

Sie kam hinter einer Topfpflanze im Esszimmer hervorgekrabbelt. „Er muss doch hier sein. Es ist fast so, als hätte Fergusons Personalausweis Füße bekommen und wäre einfach aus der Tür spaziert."

Ich wünschte, wir könnten Fergusons Personalausweis finden und dafür Ferguson verlieren, dachte ich. „Mom, bist du je zwischen zwei Fronten geraten, ohne es zu wollen?"

„Was meinst du damit, Clarissa?", fragte sie und warf gedankenlos ein kleines Stoffspielzeug wieder zurück hinter den Fikus-Baum.

Ich folgte ihr, indem ich die Servietten wieder in

die Schublade stopfte, einen Stapel alter Weihnachts- und Geburtstagskarten ordnete, die sie hervorgekramt hatte, und in einem Nest aus rostigen Haarnadeln, Münzen und Staubflocken herumstocherte. „Wenn dein bester Freund jemanden mag und du hilfst ihm dabei, jemanden anzurufen, der ihn dann plötzlich nicht mehr mag, und du hilfst ihr dabei zu erkennen, wie toll er ist, aber dann mag er sie nicht mehr und du steckst mittendrin mit einem ekligen Mathalon-Partner fest …"

„Puh", sagte Mom, „das klingt ja ziemlich kompliziert."

„Aber verstehst du, was ich meine?"

Sie dachte eine Weile nach. „Nicht ganz", sagte sie. „Aber vielleicht doch. Weißt du, als ich in der High School war, erzählte dein Vater Sally Kirkenfifer, dass er mich mochte, und sie erzählte es meinem Ex-Freund Joey Russo und dann erzählte Sally mir, dass sie Joey mochte, aber befürchtete, dass Joey mich immer noch gern hatte – herrje, ich steckte mitten in einem fürchterlichen Durcheinander."

Jetzt war ich an der Reihe ‚Puh' zu sagen. „Und was ist dann passiert?", fragte ich.

Mom hatte sich schon wieder auf Hände und Knie niedergelassen und suchte unter dem Esstisch. „Na ja, wir sind eines Abends alle zusammen zum Pizza-Essen gegangen", rief sie mir zu, „und irgendwie klärten sich die Dinge ganz von selbst."

„Vielleicht sollte ich mich einfach mitten reinstürzen, wo ich sowieso schon drinstecke, um da wieder herauszukommen", überlegte ich.

„Mm-hm", sagte sie und stand schließlich auf. „Aber wovon sprichst du eigentlich, Clarissa?"

„Von einem alten Fußballtrick, den Sam mir mal erklärt hat. Tu einfach so, als würdest du in die Mitte laufen, dann zieh dich zurück. Mit anderen Worten", sagte ich mehr zu mir selbst als zu meiner Mom, „man nehme einen Sam, füge eine Elise hinzu, verlasse das Zimmer und hoffe, dass sie sich von selbst wieder trennen."

Und genau das versuchte ich am Sonntagnachmittag, als Sam, gefolgt von seiner keuchenden blonden Mathalon-Partnerin, in mein Zimmer kletterte. Man konnte leicht sehen, dass dies Elises erster Kletterversuch war. „Hi, Clarissa. Tolle Leiter", meinte sie sarkastisch. „Danke, dass wir bei dir lernen dürfen."

„Yeah", sagte Sam und posierte wie ein Surfer. Er hörte sich unheimlich Mathe-süchtig an. „Wenn wir jetzt richtig pauken, heißt es aloha, Waikiki."

„Wo ist dein Partner?", fragte mich Elise. Sie trug

einen fluffigen rosa Pullover und einen kurzen engen Rock, der ihr den Aufstieg sicher nicht erleichtert hatte.

„Finger? Der ist wahrscheinlich zu Hause und spielt Malen nach Zahlen", erklärte ich ihnen. „Aber wisst ihr, ich kann mit leerem Magen keine binomischen Formeln lernen. Ich renne schnell rüber zum Supermarkt und hole uns ein paar Mathalon-Happen."

„Warte! Bleib hier", bat Sam nervös.

„Yeah", sagte auch Elise und zwirbelte ihr goldenes Haar. „Lass uns zusammen anfangen."

„Je eher wir anfangen, desto schneller kann ich wieder gehen", fügte Sam hinzu.

Elise wirbelte herum. „Hey, Moment mal. Das klingt ja so, als wolltest du gar nicht hier sein."

„Will ich auch nicht", sagte Sam.

„Also, ich will erst recht nicht hier sein", versicherte Elise ihm.

„Was machst du dann hier?", wollte Sam wissen.

„Clarissa hat uns hergebeten", antwortete sie.

Ich schlich zur Tür. „Ich gehe dann mal eben", sagte ich.

„Bleib hier", befahl Sam.

„Ja, bleib hier", grollte Elise.

„Nein, nein, nein. Ich muss wirklich gehen", protestierte ich. „Wisst ihr, manchmal kann man zwei eben nicht durch drei teilen."

„Warte mal, das war alles deine Idee", sagte Sam.

„Meine Idee?"

„Das ist ja toll!" Elise zwirbelte beleidigt ihre wallenden Haare.

„Könntest du bitte damit aufhören?", fragte Sam.

„Klar", gab Elise zurück, „wenn du dein T-Shirt reinsteckst! Ich hätte mit dir Schluss machen sollen, als ich es wollte."

Jetzt standen sie sich genau gegenüber. „Yeah, ich auch. Warum hast du nicht schon viel früher was gesagt?", wollte Sam wissen.

„Das hätte ich ja. Aber dann hatte ich ein Gespräch mit …"

Sie drehten sich beide zu mir um. „Clarissa!", sagten sie im Chor.

„Hey, seht mich nicht so an", sagte ich lahm. „Ich habe wirklich versucht, nicht zwischen euch zu geraten. Sam, du warst … und Elise war …"

„Halt dich da raus, Clarissa", sagte Sam.

Das musst du ausgerechnet mir sagen, dachte ich.

„Ich hätte sie noch nicht mal angerufen, wenn du nicht gewesen wärst."

Elise sah verwirrt aus. „Du hättest mich noch nicht mal angerufen?"

„Oh, klar, Sam. ‚Clarissa, hilf mir dabei, Elise anzurufen'", äffte ich nach und hielt ihm zur Erinnerung eine verkrampfte Hand vor die Augen.

„Okay, okay", sagte er. „Aber du hättest wissen müssen, dass sie nicht zu mir passte."

„Was hätte ich denn tun sollen? Du hast mich um Hilfe angefleht."

„Hab ich nicht", sagte Sam.

„Hast du wohl", beharrte ich.

„Hab ich nicht!"

„Hast du wohl!"

„Das reicht", sagte Elise Quackenbush. „Ich verschwinde. Ich sehe, wie gut ihr beiden zusammenpasst ... ihr seid beide total durchgeknallt!" Sie eilte zum Fenster, änderte dann ihre Meinung und lief zur Tür. Sam und ich blickten ihr entsetzt nach.

„Na ja, hätte schlimmer sein können", sagte ich, als Elises Schritte vom Knallen der Haustür verschluckt wurden.

„Hätte es nicht", sagte Sam zittrig.

„Hätte es wohl", verbesserte ich ihn.

„Hätte es nicht", sagte er und lächelte ein bisschen.

„Hätte es wohl", beharrte ich.

Kurz nach dem Mathalon fand Mom Fergusons Personalausweis. „Er steckte die ganze Zeit hinter dem Schreibtisch, Marshall", hörte ich sie zu meinem Vater sagen, als Sam und ich zur Haustür reinkamen.

Können wir ihn nicht wieder dahin zurücklegen, fragte ich mich.

„Wollt ihr damit sagen, dass ich kein König bin? Oder ein Prinz? Noch nicht mal ein Page?" Der ehemalige kindliche König war von seiner Degradierung erschüttert.

„Tut mir Leid, Kumpel", tröstete ihn mein Vater. „Sieht aus, als wärst du ein waschechter Darling."

„Wie ist der Mathalon gelaufen, Leute?", fragte Mom.

„Eine echte Überraschung", sagte ich.

„Das konnten wir wirklich nicht ahnen", erklärte Sam.

„Was denn, ihr Lieben?"

„Finger", sagte ich. „Mein Mathe-Partner."

Dad zwinkerte mir zu. „Ein bisschen langsam im Denken, was?"

„Lichtgeschwindigkeit trifft es wohl eher", sagte Sam.

„Es stellte sich heraus, dass er so eine Art Genie ist", erklärte ich. „Dieses An-den-Fingern-Abzählen

– er zählte keine Zahlen. Er rechnete Googolplexe aus."

„Gogel-was?", fragte Mom.

„Das ist Mathematik-Sprache für eine Riesenmenge. Wir schafften es bis zur Endrunde, aber als Finger eine Nagelbettentzündung bekam, flogen wir raus."

Mom strich mir tröstend über den Kopf. „Und wie ist es dir ergangen, Samuel?"

„Nicht so riesig", sagte Sam unbehaglich. „Meine Mathe-Partnerin und ich ... wir sprechen nicht mehr miteinander. Was es ein bisschen schwierig macht, Logarithmen auszurechnen."

„Es half auch nicht besonders, dass du die ganze Zeit Jillian Mingpod angestarrt hast", erinnerte ich ihn.

„Yeah", seufzte Sam und sah bei Erwähnung des Namens Mingpod plötzlich verdächtig träumerisch aus – kein Name, den ich unbedingt romantisch nennen würde. „Sag mal, Clarissa, meinst du, du könntest mir dabei helfen, mich mit ihr zu verabreden?"

„Auf keinen Fall, Sam", sagte ich bestimmt. „Wenn es eine Formel gibt, die ich bei diesem Mathalon gelernt habe, dann ist es: ‚Rechne nicht mit mir!'"

Vor allem: Sei dir selbst treu!

Sei du selbst! In fast jedem Buch über das Erwachsenwerden findet man diesen Rat. Jeder sagt, es sei furchtbar wichtig, so zu sein, wie man ist. Wichtig, ja. Aber nicht einfach. Ich meine – geht es beim Erwachsenwerden nicht vor allem darum: Herauszufinden, wer man ist? Was man mag und was nicht? Wie man reagiert, wenn man froh ist, ängstlich, traurig oder vor Problemen steht, die man vorher nie gekannt hatte?

Man reiche mir ein Schwert und ein Schild und jemanden, den ich verteidigen kann, und *presto* bin ich Clarissa Löwenherz. Man stecke mich in Schlangenlederstiefel und setze mir einen riesigen Hut auf und schon bin ich die bodenständige Clarissa vom Lande. Eine Perlenkette und Satinhandschuhe bringen mich irgendwie dazu, wie ein Wasserfall über all das Geld zu reden, das ich unbedingt ausgeben muss. Und warum veranlassen mich ein Schreibset und Hochwasser zu panischer Flucht? Könnte die wahre Clarissa bitte vortreten!

Ich weiß nicht, wie es euch geht, aber ich bin mir nie sicher, für welches Selbst ich mich entscheiden soll. Manchmal wache ich morgens auf und habe das Gefühl, ich könnte Bäume ausreißen. Ich fühle mich, als hätte ich im Lotto gewonnen! An anderen Tagen habe ich das Gefühl, als hätte man mich mit einem Baum erschlagen. Schon vor dem Frühstück bin ich total fertig! Manchmal können andere Leute meine Stimmung beeinflussen. Wenn Ferguson das Erste ist, was ich am Tag sehe, vergesst es – und genau das versuche ich zu tun! Aber wenn es jemand ist, nach dem ich total verrückt bin, kann es ziemlich komisch werden …

Sagen wir, irgendein umwerfender Typ, den ich immer von weitem verzückt angestarrt habe, bemerkt mich endlich. Er fragt mich, ob ich Action-Filme mag. Er meint, wir zwei könnten vielleicht mal ins Kino gehen. Das wäre toll, möchte ich sagen. Stattdessen starre ich ihn mit offenem Mund an und schnappe wie ein geistesgestörter Guppy nach Luft.

Hey, man kann nie wissen.

Wir würden alle gern im richtigen Augenblick das Richtige sagen – und es auch richtig aussprechen können. Wir möchten richtig aussehen, richtig handeln und in den Augen dieser bestimmten Person einfach die Richtige sein. Aber was passiert, wenn das Richtige für den einen das Falsche für dich selbst ist? Endlich hast du die Inline Skates bekommen, die du dir schon so lange gewünscht hast, aber der Typ, in den du verknallt bist, fährt eine Harley. Solltest du deine Inline Skates sofort gegen Lederklamotten tauschen? Und dir ein Abo für die „Motorradwelt" holen?

Es ist schwer, man selbst zu sein, wenn man sich nicht sicher ist, wer man ist. Aber was ist, wenn man weiß, wer man *nicht* ist? Kann man sich dann selbst treu sein?

Das war die Frage, die ich mir stellte, als ein Typ, den ich wirklich mochte, mich für ... na ja, jemand anderen hielt. Man könnte sagen, er verwechselte mich mit meinem Alter Ego.

Alter Ego

Definition: 1. Ein sehr enger Freund (nicht ganz das, was ich meine). 2. Ein zweites Selbst (schon wärmer). 3. Ein anderer Aspekt deiner Persönlichkeit (Bingo!).

Alles fing damit an, dass Sams Vetter Wiley uns zu seiner Party einlud. Sam und ich hingen an diesem Nachmittag bei mir rum, als wir plötzlich eine tolle Idee hatten. Wir dachten, es wäre doch genial, wenn wir incognito zu der Party gingen. Schließlich kannten uns die Leute von Wileys High School nicht. Wir konnten … einfach alles sein! Alles war möglich.

Klamotten können eine Menge über dich aussagen. Wir wollten zum Beispiel cool aussehen. Ich meine, wirklich cool. Ich sah mich in meinem Zimmer nach Anregungen um. Bestimmt konnte ich irgendwas richtig Fetziges zwischen den Postern und Stickern und dem bunten Telefon und der Flickendecke und meiner Kommode finden, deren Schubladen alle ein anderes Muster haben: von Tigerstreifen bis Tupfern.

„Weiß du, als ich noch klein war, habe ich mich total gern verkleidet", gestand ich Sam, während ich in meinem Zimmer umherwanderte und nach geeigneten Verkleidungen suchte. „Und irgendwann bin ich vielleicht mal zu alt dafür. Aber das bezweifle ich." An der Stange hingen einige Hüte. Ich setzte ein paar auf. „Irgendwas an diesem Jemand-anderes-Sein macht mich total an." Keiner der Hüte war wirklich cool genug. Ich warf einen nach dem anderen über meine Schulter. „Und es ist so einfach, jemand völlig anderes zu sein", fuhr ich fort.

Sam fand eine Dose mit rosa Haarspray. *Ein bisschen zu cool*, entschied ich und warf auch das zur Seite. Mein Schmuckkasten kam als Nächstes an die Reihe. Hier gab es alles vom glasierten Keksanstecker und den farbigen Perlenketten, die ich in der Grundschule gebastelt hatte, bis zu der bemerkenswerten Kollektion von Ohrringen, die ich in letzter Zeit angesammelt hatte. Zwischen den Kreolen und Hängekugeln, Perlen und Federn lag der Nasenring-Clip, den ich mir zum letzten Halloween spontan gekauft hatte.

„Ja!", sagte ich, steckte mir den Nasenring an und zeigte Sam mein neues Profil. „Genau das ist es. Jetzt brauche ich nur noch einen passenden Namen zu meinem neuen Look. Ich denke, heute Abend höre ich auf … Jade!"

Sam grinste bewundernd. „Obercool", sagte er. „Ich gehe lieber nach Hause und mach mich fertig. Hey, bis später … Jade."

„Yeah, alles klar, Mann", sagte ich.

Als wir schließlich zu Wileys Party gingen, hatte ich mir noch eine schwarze Punk-Perücke aufgesetzt, mir eine Rattentätowierung gemalt und mir einen erstaunlichen Long Island-Akzent zugelegt. Sam trug eine schwarze Lederjacke, ein Piratentuch um den Kopf und einen Ohrring – ebenfalls ein Clip.

Lautstarke Musik empfing uns, als wir die Tür von Wileys Haus öffneten. Eine Live-Band spielte. Ungefähr dreißig Leute, die wir nicht kannten, tanzten oder versuchten, sich über das Boamboam der aufgedrehten Bässe zu unterhalten. Sam und ich quetschten uns durch die Massen bis zum Esszimmer, wo das Büfett aufgetürmt war. Wiley hatte alles aufgetischt, von Taco-Chips bis zu Kentucky Fried Chicken. Ein echter Fett-Schmaus.

„Wow", sagte Sam und ging zu den Plastiktellern, „Clariss ... ich meine ... oh, Mann, echt galaktisch, ey! Stimmt's, *Jade?*"

„Du grapschst mir das Wort aus'm Mund, Mann", antwortete ich, während wir um den Tisch herumgingen und versuchten, nicht laut loszulachen. Die Musik war super. Sam und ich füllten unsere Teller und tauchten wieder in die Menge. In null Komma nichts nahm uns jeder unsere Rollen ab. Es war 'ne Show, es war abgedreht, es war witzig.

Und dann hörte ich *ihn* spielen. Dieses wahnsinnig ohrenbetäubende Schlagzeugsolo. Mir liefen Schauer über den Rücken und meine Ohrtrommeln schmerzten. Sein Name war Paulie Slicksinger. Er sah ziemlich durchschnittlich aus – blond, groß, süß. Und er zog sich ziemlich durchschnittlich an: T-Shirt, Khaki-Hosen, Turnschuhe. Aber wenn er so Schlagzeug spielen konnte, musste er etwas Besonderes sein.

Als er fertig war, ging er zum Büfett. Ich ging zu ihm rüber, als er sich gerade eine Coke eingoss. „Hey, das war stark", sagte ich. Aber mit meinem coolen Jade-Akzent hörte es sich an wie: „Ey, das wa' stoark." Ich erwartete fast, dass er lachte. Stattdessen lächelten er mich mit den ernsthaftesten dunklen Augen an, die ich je gesehen hatte.

„Klang es okay?", fragte er.

„Okay?" Die Grunge-Göttin gewöhnte sich allmählich an sich selbst. „Ich dachte echt, mein Hirn löst sich auf und kommt mir aus den Ohren wieder raus, ey. Es war echt fertig, aber du bist so … so …"

„Konzentriert?", beendete er meinen Satz.

„Yeah. Willst du 'n Profi werden?"

„Machst du Witze? Meine Eltern würden einen Herzinfarkt kriegen. Die wissen noch nicht mal, dass ich in einer Band spiele."

Wow, wollte ich sagen. Aber ich war schließlich Jade, oder was? „Ey, du kannst nicht erwarten, dass deine Alten deinen Kram geil finden", versuchte ich ihn zu trösten. „Glaubst du, meine waren scharf drauf, dass ich mir die Nase gepierct hab? ‚Was machst du, wenn du eine Erkältung kriegst?', ham sie mich ständig gefragt. ‚Wenn du dir nun die Nase abwischt und dein Ärmel daran hängen bleibt? Oder wenn er rostet und du kriegst Tetanus?' Aber manchmal muss man eben tun, was man tun muss."

Ich konnte nicht glauben, dass ich das sagte. Es machte einen solchen Spaß. Ich glaubte, Paulie würde schon bald dahinter kommen. Aber bis dahin würde ich weiter machen.

„Mann, ich wünschte, ich könnte so denken wie du", sagte Paulie und führte mich zur Treppe, wo wir uns hinsetzten und uns die Menge ansahen.

„Ich lasse mir nach und nach den ganzen Körper piercen", machte ich weiter. „Lippen, Ellenbogen, Fingernägel. Als Nächstes kommen die Augenbrauen dran."

Er zuckte zusammen. „Das hört sich an, als wäre das ziemlich schmerzhaft."

„Yeah", lachte ich. „Also, ich bin Jade. Und wer bist du?"

„Paulie", sagte er. „Jade. Was für ein toller Name. Wo kommst du her?"

„Oh, Long Island ... was hast du'n gedacht?", fragte ich. „Wir sind vor einem Jahr hergezogen." Er glaubte jedes Wort. Alles, was ich erzählte – und das war ziemlich abgefahrener Kram. Ich zeigte ihm meine Tätowierung, die ich mir auf den Arm gemalt hatte. „Hier, das is' 'ne Kanalratte. Wenn ich mein Handgelenk drehe, wackelt sie mit'm Schwanz."

„Wow, Jade", sagte er. „Ich kann nicht glauben, dass deine Eltern dir erlaubt haben, dich tätowieren zu lassen." Er hielt es für echt!

„Na ja, sie hatten schon ein paar Bedenken", improvisierte ich schnell. „Sie meinten ,Wenn du nun eine Tintenvergiftung kriegst? Oder wenn die Kinder dich Rattenmädchen nennen? Was ist, wenn dein Abtanzkleid kurze Ärmel hat?' Klar", kicherte ich, „als ob ich je so was wie'n Abtanzfummel anzieh'n würde."

„Ich muss wieder zum Schlagzeug zurück." Er stand auf und nahm sich eine Hand voll Popcorn aus der Schüssel auf der Anrichte. Er warf ein paar in die Luft und fing sie mit dem Mund wieder auf. Es sah lustig aus. Ich versuchte es auch – und verschluckte mich. Paulie war sehr höflich. Er wartete, bis ich fertig gehustet hatte, gab mir eine Serviette und sagte: „Bis zur nächsten Pause, okay?"

Eine Sekunde nachdem die Musik aufgehört hatte,

war er wieder an meiner Seite. Wir führten unser Gespräch fort, wo wir es unterbrochen hatten. Ich hatte einen Riesenspaß. Ich war in Form. Meine Jade-Geschichten wurden immer besser.

„Dann wollte ich mal mit meinem Cross-Rad über zehn brennende Ölfässer springen", erzählte ich ihm. „Ich hatte schon neun geschafft, also dachte ich, wo is' das Problem bei zehn? Aber der Typ, der es versucht hat, kann immer noch keine feste Nahrung zu sich nehmen."

Ich wartete den ganzen Abend darauf, dass Paulie die Show begriff. Aber alles, wonach er griff, war das Popcorn.

„Wow, Jade, du bist echt erstaunlich", sagte er immer wieder.

„Du bist selbst ziemlich cool." Ich boxte ihm neckisch auf den Arm.

„Wirklich?"

„Ey, Paulie", sagte ich, „würde ich dich anlügen?"

Ja, das würde ich ohne weiteres. Und das tat ich. Bloß, dass ich mich nicht wie eine Lügnerin *fühlte*.

Natürlich dachte ich am nächsten Tag nach der Schule: *Jetzt wirst du ihn vermutlich nie kennen lernen.* Er mag Jade. Er weiß noch nicht mal, dass ich existiere. Ich fragte mich, ob er wohl einen Bruder hatte; dann machte ich mich an meine Hausaufgaben.

Sams Leiter schlug gegen das Fensterbrett, als ich gerade zwei Seiten Soziologie gelesen hatte. „Hi, Sam", sagte ich ohne aufzusehen.

„Hey, Clarissa. Ich habe Neuigkeiten von deinem Freund", sagte er.

„Welchem Freund?"

„Deinem … Schlagzeuger-Freund."

Ich schlug mein Buch zu. „Sag schon!", befahl ich.

„Na ja, er hat Wiley heute Morgen um sechs Uhr angerufen und ihm immer wieder erzählt, dass du das tollste Mädchen seist, das er je getroffen hat."

„Nein! Ehrlich?" Ich war entsetzt.

„Ich glaube, er mochte dich wirklich."

„Yeah, scheint fast so", sagte ich und fühlte mich einen Augenblick ziemlich gut. Dann begriff ich. „Was rede ich da? Natürlich nicht. Er kann mich unmöglich gut finden …"

„Hey, Clarissa", unterbrach mich Sam, „etwas mehr Selbstbewusstsein!"

„Sam, das meine ich nicht. Ich meine, er kennt mich ja gar nicht. Er kennt Jade … und auf *die* fährt Paulie Slicksinger jetzt total ab."

Sam starrte mich an. „Clarissa! Du meinst, du hast ihm nicht erzählt, dass du nur eine Show abgezogen hast?"

„Ich konnte einfach nicht."

„Oh." Sam verarbeitete diese Neuigkeit. „Dann glaube ich, dass es ziemlich schwierig wird, wenn er anruft, stimmt's?"

„Er kann mich nicht anrufen. Er hat meine Nummer nicht."

„Na ja …", sagte Sam.

„Oder etwa doch?"

„Na ja, ich hab sie Wiley gegeben, damit er sie ihm gibt. Aber …", er zuckte mit den Achseln, „ich hatte ja keine Ahnung."

„Oh, nein. Was soll ich jetzt tun?"

„Clarissa, du musst ihm sagen, wer du wirklich bist", sagte Sam vernünftig.

„Oh, toll." Ich warf mein Buch aufs Bett und begann auf und ab zu gehen. „Er wird vermutlich echt sauer darüber werden, dass ich ihn so veräppelt habe." Ich griff nach Jades schwarzer Punk-Perücke und knüllte sie zusammen, während ich vor Sam hin und her raste, der jetzt an meinem Computer saß. „Und wenn er mich nun nicht mag? Oder er mag mich irgendwie, aber eigentlich mag er Jade?"

Sam lehnte sich im Stuhl zurück. „Clarissa", sagte er, „je länger du wartest, desto schwieriger wird es."

„Okay, vielleicht hast du Recht." Ich warf die Perücke auf mein Bett. „Ich sage ihm die Wahrheit, wenn er mich anruft."

„Viel Glück."

„Klar, Glück kann ich gebrauchen. Aber noch mehr brauche ich eine gute Erklärung", sagte ich.

Als Sam gegangen war, warf ich mich auf mein Bett. Die Perücke drückte in meinen Rücken. Ich zog sie hervor und strich sie glatt. Ich hatte so das Gefühl, als würde ich sie noch einmal brauchen können.

Oh welch' Lügennetz. Ich glaube es war Sir Walter Scott – oder vielleicht war es Snidely Whiplash –, der einmal sagte: „Oh welch' Lügennetz wir spinnen, wenn auf Täuschungen wir sinnen." Wer immer es war, er hatte Recht. Am Anfang schien es eine gute Idee zu sein – ein ganz neues Selbst an jemandem auszuprobieren, von dem ich glaubte, ich würde ihn nie wieder sehen. Aber wie sollte ich jemandem die echte Clarissa vorstellen, der die falsche für total genial hielt? Wie ändert man sein anderes Ich? War es möglich, dass Paulie Jade mir vorzog? Wer meinte noch: „'s ist besser, die Wahrheit zu sagen, als unter

falschen Voraussetzungen mit Popcorn zu werfen?"
Ich kann einfach nicht lügen. Ich war es.

Ob ich nervös war? Hieß mein altes Stoffkrokodil Elvis?
Ja!
Jedes Mal, wenn das Telefon klingelte, fielen mir lahme Entschuldigungen und Erklärungen ein. Ich dachte, vielleicht könnte ich das Problem mit meiner Mutter besprechen, aber als ich in die Küche kam, war sie nicht da. Dafür aber mein Dad. Er starrte auf den Küchentisch, der sich unter dem Gewicht verschiedener mutierter Kürbisse bog, die meine Mutter gezüchtet hatte. Ein ganzer Korb mit diesen abnorm großen Gemüsen starrte meinen verzweifelten Dad an.

„Bitte nicht schon wieder eine Ernte", sagte ich.

„Ich wüsste gern, welches Düngemittel deine Mutter in diesem Garten verwendet."

Meine Mom glaubt an gesunde, kreativ zubereitete, selbst gezüchtete Nahrung. Mit Tofu hat sie alles gemacht, außer damit die Möbel zu polstern. Bohnensprossen sind ihre besten Freunde. Wie kleine Hunde tauchen sie überall auf: von den Rühreiern bis zum Eintopf. Jetzt, wo die Kürbissaison in vollem

Gange war, würden wir diese Monsterkürbisse zum Frühstück, Mittagessen und Abendbrot essen. Manchmal vermischt mit Tofu, manchmal gefüllt mit Bohnensprossen. Mom war ziemlich stolz darauf, wie groß ihre Gartenkürbisse geworden waren. Aber es schien mir, als würde Dad sie anders sehen – als einen Tisch voller Probleme.

„Was sollen wir tun?", fragte ich ihn. Es waren einfach zu viele Kürbisse. Sie waren in der Überzahl.

„In Zeiten wie diesen hilft nur noch, für eine Dürreperiode zu beten", sagte er.

Das Telefon klingelte. Vielleicht war es Paulie! „Ich geh ran!", brüllte ich. Mein Hirn raste. Genauso wie mein Herz und meine Füße. Meine Füße waren zuerst am Telefon. „Yeah, wer is'n da?", bellte ich mit Jades Stimme. Es war nicht Paulie. „Nein, um ehrlich zu sein, hassen wir unsere Telefongesellschaft", sagte ich zu dem Anrufer. „Aber wir sind zu faul, um zu wechseln. Trotzdem danke der Nachfrage."

Als ich auflegte, schleppte Mom gerade eine weitere Kürbis-Kreuzung herein. „Ta-daa!" Sie hielt den riesigen Flaschenkürbis hoch, damit wir ihn alle bewundern konnten. Er hatte die Größe eines Hundes mit dem Hals eines Schwans.

„Noch einer?" Mein Vater versuchte zu lächeln.

„Es ist doch kaum zu fassen, oder?", fragte meine Mom.

Wenn man sich unsere Gesichter ansah, das von Dad und von mir, würde ich sagen, dass das die treffende Beschreibung war.

„Und ich habe ein Rezept, nach dem man ihn püriert, ihn mit Vollkornmehl mischt und daraus Pizza-Teig machen kann", erklärte sie begeistert.

„Wird sicher lecker!", hörte ich mich selbst sagen. Es schien, als stünden die Wahrheit und ich im Augenblick nicht auf gutem Fuß.

In diesem Moment zischte eine Stimme hinter mir: „Jemand muss sie aufhalten! Wenn sie den kocht, müssen wir ihn essen!" Mein intriganter Bruder Ferguson hatte die Bühne betreten.

„Noch ein Kürbis." Dad war deprimiert.

„Oh, Mann", murmelte Ferguson. „Ich verliere schon bei dem Gedanken daran jedes Gefühl in den Fingern. Ähm, Mom? Dieser Kürbis … Er ist so … groß. Er ist so … na ja, schön. Das ist wirklich ein besonderer Flaschenkürbis, Mom. Glaubst du nicht, wir sollten ihn aufheben für … na ja, äh …"

„Die Gartenschau!" Mein Vater wurde plötzlich wieder lebendig. „Oh, ja. Dieser Kürbis wird einen Preis gewinnen. Ja, ganz bestimmt."

„Aber, Marshall", sagte Mom, „das ist bloß ein ganz gewöhnlicher Flaschenkürbis."

„Gewöhnlich? Gewöhnlich? Also, es muss wirklich ein fruchtbares Jahr gewesen sein, wenn wir diesen Kürbis gewöhnlich nennen können. Außergewöhnlich. So würde ich ihn bezeichnen. Es wäre ein Verbrechen, ihn nicht auszustellen."

Moms schüchternes, stolzes Lächeln breitete sich von einem Ohr zum anderen aus. „Na ja, gut, ihr habt mich überredet."

Nur das Telefonklingeln hielt mich davon ab, laut loszujubeln. Ich griff nach dem Hörer, bevor jemand anderes rangehen konnte.

„Hallo? Ich meine ... hi, ähm ... warte, ich hole sie." Es war Paulie Slicksinger.

„Yeah, wer is' 'n da?", sagte ich mit Jades Stimme. „Na ja, weiß nicht ... wer? Klar erinner ich mich an dich. Paulie, genau." Ich wagte nicht, den Blick zu heben. Ich konnte nur beten, dass meine Familie weiterhin mit dem Kürbis und seinem zukünftigen Ruhm beschäftigt war.

Er wollte sich mit mir verabreden. Oder eher gesagt, mit Jade. „Alles klar. Yeah, das wär stark", sagte ich. „Nächsten Samstag? Warum nicht? Ich mein, was soll ich sonst machen, ey? Okay. Bis dann."

Ich legte auf und drehte mich um. Meine gesamte Familie starrte mich an. Wenn der Kürbis Augen gehabt hätte, hätte er mich auch angestarrt. *Wenn er einen Mund hätte, stünde er genauso offen wie der von meiner Mom*, dachte ich.

Ich räusperte mich und versuchte Zeit zu schinden. „Das war, ähm, dieser Junge, den ich neulich kennen gelernt habe. Wir, ähm, wir albern ziemlich viel rum", erklärte ich hastig und flüchtete ins Esszimmer.

Also, ich konnte es ihm doch nicht vor allen Leuten erklären! *Ich sag's ihm früher oder später*, versprach ich mir. Dann hörte ich Jades Stimme in meinem Kopf sagen: „Vielleicht eher später, ey."

Ich hatte praktisch keine Chance. Erinnert ihr euch noch an die Sache mit dem Lügennetz? Also, Paulie und ich beschlossen, bei unserer großen Samstag-Abend-Verabredung auf den Jahrmarkt zu gehen. Und ich verbrachte den ganzen Abend damit, mich nicht im Netz zu verstricken.

Je fester ich mir vornahm, ihm die Wahrheit zu sagen, desto schwieriger wurde es. Jedes Mal, wenn ich beschloss, okay, jetzt ist es so weit, ich reiße mir diese Schuppenperücke runter und zeige ihm mein wahres Ich, sagte Paulie etwas wie: „Findest du Fälschungen nicht auch schrecklich?" oder „Du bist so offen, Jade. Du bist so ehrlich." oder „Ich kann Heuchler nicht ausstehen … weißt du, Leute, die vorgeben etwas zu sein, was sie nicht sind."

Ich konnte einfach nicht den richtigen Moment finden, ihm den Jade-Witz zu erklären. Er war so ernsthaft und süß. Er lachte über alles, was Jade sagte. Er hielt sie für abenteuerlich, wagemutig, aufregend. Er mochte ihre Einzigartigkeit. Er wollte auf jeden Fall dieser Schlagzeuger sein, auf den sie abfuhr. Ich wusste einfach, dass er austicken würde, wenn sich das punkhaarige, coole Mädchen seiner Träume plötzlich in einen farblosen, blonden Albtraum verwandelte.

Apropos austicken: Je mehr ich versuchte, mein wahres Ich zu verstecken, desto mehr verschwor sich das Schicksal gegen mich, um mich auffliegen zu lassen. Schon mal was von einem Beinahe-Zusammenstoß gehört? Ich hatte einen, als einige Klassenkameraden plötzlich auf dem Jahrmarkt auftauchten. Um nicht mit ihnen zusammenzuprallen, musste ich ungefähr eine halbe Stunde lang so tun, als wäre ich völlig begeistert von Stucko, dem menschlichen Nadelkissen.

„Wow. Zieh dir das rein", sagte ich zu Paulie und zerrte ihn vor den Wagen und weg von den Leuten, die mich auf jeden Fall erkennen würden, egal wie viele Nasenringe ich trug.

„Eklig", lautete Paulies Antwort. „Lass uns gehen."

„Aber das ist doch geil." Stuckos Nagelspiele nagelten mich förmlich fest. Ich wagte nicht mich umzudrehen.

Paulie blieb neben mir. „Ziemlich einmalig", sagte er.

Beim Schmalzgebäck löste sich unsere Freundschaft beinahe in Rauch auf. Trotz der Fettwolken roch es förmlich nach Schwierigkeiten. Plötzlich sah Paulie mich sehr verwirrt an.

„Was is'n los?", fragte ich. Noch Sekunden zuvor hatten wir uns verträumt in die Augen geblickt. Alles, was ich dann getan hatte, war von einem Schmalzkuchen abzubeißen. Tropfte mir das Fett vom Kinn? Klebte mir Puderzucker am Mund?

„Warte mal, irgendetwas stimmt nicht", sagte Paulie.

Ich hielt meine Serviette fest. „Was stimmt nicht?"

„Dein Nasenring …"

Glänzte er? Rutschte er mir von der Nase? Hing er voller Krümel?

„Steckte er letztes Mal nicht auf der anderen Seite?", fragte er.
„Auf der anderen Seite? ... Nein, natürlich nicht", log ich, was das Zeug hielt. „Du hast mich einfach nur von der anderen Seite gesehen. So", sagte ich und drehte ihm mein ringloses Profil zu.
„Wirklich?"
„Na klar. Los, komm", drängte ich. „Lass uns zu diesen süßen Stofftieren da rübergehen."
„Das sind keine Stofftiere", erklärte Paulie. „Das sind Handpuppen. Du steckst einfach deine Hand rein und bewegst sie ..."
Ein Donnergrollen unterbrach ihn. Wir blickten beide zum schwarzen Himmel hoch und liefen dann zum Puppenstand hinüber. Wir drängten uns unter das Vordach und kurz darauf brach die Sintflut los. Es goss wie aus Kübeln. Zuckerwattestangen, Papierbecher und Popkorntüten wurden einfach davongespült. Und meine Verkleidung beinahe auch.
Wir lachten und wischten uns das Wasser vom Gesicht.
„Mann, das regnet vielleicht", sagte Paulie.
„Aber echt." Ich wischte mir über den Arm. Dann sah ich, wie es schwarz von meinen Fingern tropfte.

Als ich hinunterblickte, schwamm meine tätowierte Kanalratte gerade davon! Verzweifelt sah ich mich um. Ungefähr zwanzig grinsende Handpuppen sahen zurück. Super! Ich griff nach einem Affen und schob meine Hand hinein, wie Paulie es mir erklärt hatte. Die Frau hinter dem Tresen sah mich erstaunt an.

„Willst du eine Tüte haben?", fragte sie.

„Oh, nein. Nein, danke", sagte ich. „Ich ziehe ihn einfach an." Mit meiner freien Hand wühlte ich in meiner Hosentasche, bis ich einen Zehn-Dollar-Schein fand und ihn widerwillig in ihre Hand drückte.

„Wow, ich hätte nicht gedacht, dass du der Puppen-Typ bist." Paulie grinste mich zärtlich an.

„Warum? Äh, ich meine, doch klar. Hast du nie diesen Film gesehen, in dem sie völlig ausrasten? Der mit dieser Puppe vom Bauchredner, die nachher ein ziemlich krankes Eigenleben führt?"

Als wir uns schließlich trennten, hatte ich mehr Engpässe überwunden als Reinhold Messner. Und mehr Lügen erzählt als Pinocchio. Wäre ich Pinocchio gewesen, hätte ich am Ende des Abends statt eines Nasenrings eine ganze Nasenkette gebrauchen können! Doch Paulie merkte immer noch nichts. Und ich brachte es einfach nicht über mich, ihm zu beichten. Je abgedrehter ich mich gab, desto begeisterter schien er von mir zu sein.

Was mich bedrückte, war die Frage, was passieren würde, wenn ich ihm die Wahrheit sagte. Ich wusste, dass ich sie ihm sagen musste, aber das Problem war: Ich mochte den Typ wirklich gern. Ich fragte mich bloß, ob er mein wirkliches Ich mögen würde.

Bedeutete der Abschied von Jade gleichzeitig auch den Abschied von Paulie?

„Was wäre denn das Schlimmste, was passieren könnte?", fragte mich Sam am nächsten Tag.

Er saß an meinem Computer und beschäftigte sich mit einem neuen Computerspiel, das er mitgebracht hatte. Es handelte von haarigen kleinen Aliens, die sich in gruselige Viecher verwandelten. Ich konnte mir bestens vorstellen, wie sie sich fühlten.

Ich lief im Zimmer auf und ab. „Ich habe Angst, dass er mich dann nicht mehr mag. Ich glaube, er ist in Jade verliebt oder zumindest irgendwie von ihr fasziniert", sagte ich. Dann fügte ich mit Jades Stimme hinzu: „Aber ehrlich, wer wär das nicht, ey."

Sam drehte sich um. „Also, ich jedenfalls nicht. Um ehrlich zu sein, Clarissa, geht mir diese Jade allmählich auf die Nerven."

„Ey", machte ich weiter, „das is' ja wohl nich' dein Ernst, Alter."

„Hör auf damit", sagte Sam.

„Womit?"

„Du redest immer noch mit ihrer Stimme."

„Im Ernst?"

„Im Ernst", sagte Sam und stieß sich vom Schreibtisch ab. „Vielleicht solltest du Paulie die Wahrheit sagen, bevor du dich ganz in Jade verwandelst."

„Puh", sagte ich, „ich glaube, du hast Recht."

„Also wirst du es ihm sagen? Wirklich?"

„Was hab ich 'n eben gesagt?", fragte ich Sam mit dieser schon gewohnten Schrammstimme. „Haste keine Ohren?"

Sam seufzte und schüttelte den Kopf. „Hör mal, Clarissa", sagte er und ging zum Fenster, wo seine Leiter stand. „Ruf mich an, wenn du nicht mehr so … Jade-mäßig bist."

Das ist ja richtig gruselig, dachte ich, während er die Leiter hinabstieg. Wenn Sam nun Recht hatte? Wenn Jade nun die Kontrolle über meinen Körper bekam und ich nichts dagegen tun konnte? Würde ich dann für immer Jade bleiben?

In dieser Nacht träumte ich, dass die ganze Familie im Wohnzimmer saß. Dad machte gerade eine

Zeichnung für einen Wohnkomplex in Form eines Eichelkürbis. Mom stickte kleine Zucchini auf Platzdecken. Ferguson brütete über einem Comic-Heft mit dem Titel „Der Spaghetti-Kürbis-Rächer". Und ich versuchte zu lesen. Aber ich konnte nicht. „Findet ihr es nicht heiß hier drin?", fragte ich. Ich glühte vor Hitze. Ich versuchte zum Fenster zu kommen, um es einen Spalt zu öffnen.

Mom sah noch nicht einmal auf, als ich an ihr vorbeiging. „Eigentlich nicht", sagte sie und leckte einen neuen dunkelgrünen Faden an. „Ist alles in Ordnung mit dir?"

In diesem Moment schlug die Uhr Mitternacht. Ich bekam keine Luft mehr. Das Hemd, das ich anhatte, begann zu schrumpfen und wollte mich ersticken. Meine glatten Haare wurden auf einmal elektrisch. „Es passiert ... es passiert!", schrie ich. Ich fühlte, wie ich immer tiefer hinabgezogen wurde, wie in den Trichter eines Whirlpools. Niemand schien es zu bemerken. Niemand schien mich zu hören. Ich stieß einen letzten tiefen Schrei aus und fiel hinter das Sofa.

„Was ist los?", hörte ich entfernt die gleichgültige Stimme meines Vaters. Ein blechernes Echo antwortete aus weiter Ferne.

Ich kroch langsam über das Sofa. Ich konnte fühlen, wie es geschah: Meine Haare wurden dunkler, spitz und schwarz. Mein Flanellhemd verhärtete sich und verwandelte sich in schwarzes Leder, während ich versuchte, auf die Füße zu kommen, die jetzt in Motorradstiefeln mit Metallnieten steckten.

Sams Prophezeiung wurde Wirklichkeit. Ich verwandelte mich in Jade!

Ferguson warf mir seinen Comic an den Kopf. „Hau ab!", befahl er. Sein Gesicht sah noch teigiger aus als sonst.

Ich fiel wieder zu Boden. Wieder kam ich auf alle Viere, dann auf die Füße. Diesmal hatte ich einen Ring in der Nase – einen echten, gepiercten Nasenring. „Jemand ... muss ... etwas tun!", bat ich und fiel wieder hinter das Sofa.

„Ruf den Notarzt!", schrie meine Mutter panisch.

Wieder kam ich hoch. Jetzt hatte ich eine Tätowierung am Arm. Die Verwandlung war beinahe vollendet. „Hilfe!" Ich streckte meine Arme nach meiner Familie aus. Sie starrten mich entsetzt an.

„Was ist das auf deinem Arm?", wollte meine Mutter wissen.

„Was ist das in deiner Nase?", fragte mein Dad.

„Los, lasst uns von hier verschwinden", drängte

Ferguson sie. „Es ist ihre eigene Schuld! Mit manchen Dingen ist eben nicht zu spaßen!"

Ich wankte auf sie zu.

„Lauft! Lauft um euer Leben!" Ferguson trieb meine entsetzten Eltern zur Tür. Ich sah ihnen nach, wie sie hindurchflüchteten.

„Wartet! Oh, bitte lasst mich nicht allein", bat ich, doch sie waren verschwunden. Nur eine Staubwolke hing noch in der Luft.

Da wachte ich auf. Meine Augen brannten. In meinem Mund hatte ich den Geschmack von Tränen und Staub. Das reichte. Was auch immer geschehen würde, ich schwor mir, Paulie alles zu erzählen!

Nur unter Aufsicht verwenden! Es sollten Warnschilder gegen Experimente mit einer veränderten Persönlichkeit aufgestellt werden. Ich meine, es macht Spaß, aber denkt mal dran, was aus Dr. Frankenstein wurde. Es ist ein Albtraum, so zu tun, als wäre man jemand anderes – und harte Arbeit. Immer muss man sich daran erinnern, was man gesagt hat, und was man mag, und was man glaubt, was er hören will ... Puh! Wenn du dafür so viel Gehirnkapazität verschwendet hast, wirst du dieses Jahr in jedem Fach eine Vier kriegen. Ehrlich währt am längsten – und

Ehrlichkeit ist vermutlich sehr entspannend. Was passiert, wenn der Typ, den du beeindrucken willst, sich wirklich in das Mädchen verliebt, das du nur vorgibst zu sein? Ratet mal, wer bei diesem Spiel verliert. Glaubt mir, es ist besser, ihn zu verlieren als sich selbst!

Ich hatte genug. Ich hatte das Licht gesehen. Keine Albträume mehr, versprach ich mir. Es war Zeit, Paulie von meinem wirklichen Leben zu erzählen. Eine perfekte Gelegenheit dazu bot sich am nächsten Nachmittag, als Mom und Dad Ferguson und den Kürbis einpackten und zur Gartenschau fuhren. Ich lud Paulie ein, bei mir Musik zu hören. Dann wollte ich ihm die Neuigkeiten servieren. Und ich hoffte, er würde mich dafür nicht abservieren.

Natürlich konnte ich nicht ganz normal an der Tür erscheinen. Als der Rest meiner Familie gegangen war, rannte ich nach oben und sprang – zum letzten Mal, wie ich hoffte – im mein Jade-Kostüm. Etwas hektisch, zugegeben. Als Paulie an der Tür klingelte, hing meine Perücke leicht schief und ich trug meine Lederweste verkehrt herum. Ich riss mich, so gut es ging, zusammen und ließ ihn rein. Wenn er irgendwas merkte, zeigte er es zumindest nicht.

„Hey, Jade. Wie geht's?", sagte er mit diesem tollen, offenen und unschuldigen Grinsen.

„Super, aber Paulie, hör mal, ich ..." Ich hatte es derartig eilig, es hinter mich zu bringen, dass ich sogar meinen Akzent wegließ. Paulie merkte es nicht.

„Guck mal", sagte er stolz. Er drehte den Kopf und zeigte mir sein Profil. Etwas hing von seinem Ohr herunter. Ich sah genauer hin und schluckte. Als ich sprach, klang meine Stimme wieder ganz wie die von Jade.

„Ey, du hast 'n kleinen Totenkopf am Ohr."

„Yeah", sagte er. „Weißt du, ich wollte schon immer einen Ohrring haben. Aber ich hatte nie den Mut dazu. Bis ich dich traf."

„Mich? Was hab ich 'n damit zu tun?"

„Du hast so viel Kraft, du selbst zu sein", sagte er.

„Also, Paulie ...", begann ich.

„Es ist dir einfach egal, was andere sagen, weil du eben weißt, wer du bist."

„Na ja, Paulie", versuchte ich es wieder, „das is so 'ne Sache."

Er warf sich mitten aufs Sofa, rutschte dann zur Seite, damit ich mich neben ihn setzen konnte. Was ich tat. Als ich mit schiefer Perücke und hängenden Schultern neben Paulie saß, versuchte ich, nicht auf den komischen kleinen Totenkopf zu sehen, der an einer Kette von seinem Ohr herabbaumelte.

„Und weißt du was noch?", sagte Paulie stolz. „Jetzt nehme ich professionellen Schlagzeugunterricht. Und alles nur deinetwegen."

Mach jetzt, Clarissa, schien der grinsende Totenkopf zu sagen. *Spring ins kalte Wasser. Jetzt gleich.*

„Ey, Paulie, da sind so tierisch viele Sachen, die du nich' von mir weißt ..."

„Yeah, du hast Recht." Seine Stimme hörte sich tief und warm an. Sein Lächeln war entspannt und ernst. „Aber ich würde sie furchtbar gern herausfinden", sagte er und beugte sich zu mir, um mich zu küssen.

Bamm! Die Hautür sprang mit einem Ruck auf, der Paulie und mich auf die entgegengesetzten Seiten des Sofas beförderte. Mein Bruder Ferguson polterte ins Wohnzimmer, warf einen Blick auf mich mit meiner punkingen schwarzen Perücke und dem Nasenring und sagte: „Hey, du hast dich verbessert, Schwesterherz." Er lief in die Küche und rief über die Schulter: „Du solltest immer so eine Verkleidung tragen!"

„Ferguson, was machst du hier?", fragte ich streng.

Er antwortete nicht. Die Küchentür fiel hinter ihm zu.

„Wer war das?", wollte Paulie wissen.

„Oh, mein Bruder. Sieh mal, Paulie ..."

Ich wollte ihm gerade alles sagen, als die Haustür wieder aufging. „Hat Ferguson meinen Pastetenkürbis gefunden?", fragte meine Mom. Dann sah sie Paulie. „Oh, hallo", sagte sie.

„Mom, das ist Paulie. Paulie, meine Mutter."

„Hi", brachte er heraus. Er sah ein bisschen verwirrt aus. Okay, ziemlich verwirrt. Also gut, er war völlig verwirrt.

„Nett, dich kennen zu lernen, Paulie", sagte Mom und warf dann mir einen Blick zu. Ihr Kopf neigte sich ein wenig, als sie mich sah. Die Augen verengten sich. Dann lächelte sie plötzlich. „Oh, jetzt verstehe ich. Ihr geht wieder auf eine Kostümparty. Ihr Kinder!" Sie kicherte liebevoll, bis die Autohupe draußen sie an ihre Mission erinnerte. „Ich muss mich beeilen", sagte sie und folgte Fergusons Schleimspur in die Küche.

„Kostümparty?", fragte Paulie.

Ich öffnete den Mund und heraus kam Jade. „Meine Mom", sagte sie mit ihrer oberlässigen Stimme, „das ist ihre Art von Humor. Sie steht nicht auf die Art, wie ich mich anziehe. Also muss ich mir jeden Tag anhören ‚Gehst du wieder auf eine Kostümparty?'"

„Oh." Paulie schluckte es. Er glaubte es. Hatte Mitgefühl. „Das ist lästig."

Die Haustür ging wieder auf und ließ diesmal meinen leicht atemlosen, aber lächelnden Dad herein. „Janet", rief er meiner Mutter zu. „Ich habe deinen Pastetenkürbis gefunden. Er ist im Auto."

Er sah Paulie und mich mit offenem Mund an den beiden äußersten Enden des Sofas sitzen. Ich weiß nicht, wie es Paulie ging, aber allmählich erwartete ich, dass Kermit und Miss Piggy als Nächstes hereinkamen. Ein paar mehr Witzfiguren hätten mich nicht überrascht.

„Oh, hi", sagte mein Dad.

„Paulie, das ist mein Dad."

„Hi", sagte Paulie.

„Ist es nicht ein bisschen früh für Halloween, Schatz?"

„Jap", sagte ich.

„Siehst gut aus." Er blinzelte mir zu, grinste Paulie an und folgte dann der Menge in die Küche.

„Kommt ihr denn nicht aus Long Island?", fragte mich Paulie, als die Küchentür zugefallen war. „Ich meine, keiner außer dir hat einen Akzent."

Was sollte ich machen? Sollte ich ihm etwa im Beisein meiner ganzen Familie die Wahrheit sagen? Vielleicht könnte Dad die Szene auf Video aufnehmen – und Ferguson würde moderieren: ‚War das der Halleysche Komet, den wir eben aus dem Haus der Darlings rasen sahen, oder war es Clarissas Ex-Freund Paulie Slicksinger mit Mach-Geschwindigkeit?'.

Ich schlug den anderen Weg ein. „Oh, na ja", sagte ich zu Paulie. „Das liegt daran ... sie woll'n sich so unbedingt anpassen ... sie haben ihren Akzent aufgegeben, damit die Leute es nicht mitkriegen."

Ferguson, Mom und Dad beendeten ausgerechnet in diesem Moment ihre Geschäfte in der Küche und strömten wieder ins Wohnzimmer. „Kommt jetzt, Leute", sagte mein Dad. „Lasst uns fahren."

„Bleibt nicht zu lange weg", ermahnte Mom Paulie und mich.

„Entschuldigen Sie", sagte Paulie auf einmal. Er stand auf und sprach meine lächelnde Mutter an. „Ich will mich ja nicht einmischen, aber ich finde, Sie sollten Ihren Akzent nicht verheimlichen. Sie dürfen sich nicht für das schämen, was Sie sind."

Moms Lächeln bröckelte. „Unseren Akzent?"

Dad sah mich an, sah Paulie an, begriff, dass irgendein Teenager-Problem die Ursache war, und nahm meine Mutter am Arm. „Lass uns gehen. Wir sind schon spät dran, Janet."

Ich nutzte den Augenblick. „Yeah, wär toll, wenn ihr bleiben könntet, aber ... bye!"

Als wir wieder allein waren, schüttelte Paulie sein hübsches Haupt. Der kleine Totenkopf schwang irritierend hin und her. „Wow. Es ist so traurig, dass deine Familie ihre Identität verheimlichen will", sagte er mitfühlend. „Sie sind nicht so wie du, Jade."

„Also, eigentlich ..."

„Du bist so total du selbst. Und du bist der Grund, weshalb ich auch ich selbst werde."

Ich konnte einfach nicht mehr. Meine Eltern waren weg. Ich hatte keine Entschuldigungen mehr dafür, Paulie anzulügen. Ich hatte kein Alibi und keinen Akzent mehr. „Okay. Schluss jetzt. Ich kann es nicht mehr ertragen", sagte ich, froh, meine eigenen Stimme wieder zu hören. Froh, die Zunge normal im Mund zu bewegen und die Gesichtsmuskeln zu entspannen.

„Was ist los? Was habe ich falsch gemacht, Jade?", wollte Paulie wissen.

„Nenn mich nicht so!"

„Wie soll ich dich denn nennen?"

„Ich weiß nicht. Wie wäre es mit ... Clarissa", sagte ich. Ich nahm meine Jade-Perücke ab. Mein glattes blondes Haar fiel herunter.

Paulie wich zurück. „Willst du mich veräppeln?",
fragte er und versuchte zu verstehen, was passierte.

Ich zog den Nasenring und die Lederweste aus. Ich rieb mir die Rattentätowierung vom Arm. „Nein, das bin einfach ich", erklärte ich Paulie. „Mein Name ist Clarissa Darling. Ich war noch nie in Long Island. Und mein Nasenring ist ein Clip."

„Wow", sagte er.

„Am Anfang war es nur ein Spaß, aber ich habe irgendwie die Pointe verpasst. Es tut mir Leid, Paulie."

„Mann", sagte er.

„Wenn du mich jetzt also komplett hasst und mich nie wieder sehen willst, dann verstehe ich das völlig."

Er starrte mich an, als würde er mich zum ersten Mal sehen. Und so war es ja auch. „Warum sollte ich dich hassen?", sagte er schließlich. „Ich kenne dich ja gar nicht. Bist du vielleicht ein echtes Ekel oder so was?"

„Nein!"

Da lächelte Paulie. „Wir werden sehen", sagte er.

Ich konnte nicht glauben, dass er immer noch da stand. Und lächelte! „Warte mal, bist du nicht sauer?"

„Ehrlich gesagt, ich fühle mich irgendwie geschmeichelt."

„Wirklich?"

„Na ja, kein Mädchen hat sich je so angestrengt, mich zu beeindrucken."

Ich plumpste wieder auf die Couch. „Also willst du wirklich hier bleiben?"

Auch Paulie setzte sich wieder. „Ich glaub schon", sagte er. „Aber ich bin etwas schüchtern vor Fremden."

„Schüchtern ist in Ordnung", sagte ich, als er den Arm um mich legte. „Ich mag Schüchterne."

Meine Familie kam etwa eine halbe Stunde, nachdem Paulie gegangen war, nach Hause. Moms Pastetenkürbis hatte eine blaue Schleife gewonnen und tauchte die nächsten zwei Wochen lang in jedem Essen auf, das sie kochte. Wir aßen gebackenen Kürbis, gefüllten Kürbis, Kürbis-Auflauf, Kürbis-Wackelpudding …

„Clarissa, sehen wir Paulie bald mal wieder?", fragte sie eines Tages, während sie einen verdächtig orangefarbenen Teig in Muffin-Formen füllte.

„Ich denke schon", sagte ich.

„Er schien nett zu sein. Ein bisschen durcheinander, aber nett", befand mein Dad. Er tauchte den Finger in die Rührschüssel. „Mmmm", sagte er, als er den Teig probiert hatte. „Kürbis-Muffins. Ähm … schön nussiger Geschmack."

„Na ja, es dauert eine Weile, bis man jemanden wirklich kennt", erklärte ich. „Äußerlichkeiten können gewaltig täuschen." Mein Dad nickte. Meine Mom lächelte. Ich konnte einfach nicht widerstehen. „Alles klar, ey?", fragte ich.

Vive la Différence!

Was ist der Unterschied zwischen einem guten Freund und *dem* Freund? Das ist die uralte Frage, die schon Sartre, Oprah Winfrey und Meg Ryan beschäftigte: Können Freunde miteinander ausgehen und wenn sie's dann tun, trotzdem nur Freunde bleiben? Bevor wir uns eingehender mit dem Thema Freunde beschäftigen, wollen wir uns das Problem Verabredungen genauer betrachten.

Ihr müsst zugeben, dass es ein bizarres Ritual ist, sich zu verabreden. Ihr trefft euch, begrüßt euch, und innerhalb von zwei Sekunden entscheidet ihr, ob diese Person euer Schicksal ist oder irgendein Idiot, mit dem ihr die nächsten zwei Stunden verbringen müsst. War es Sting oder der gute alte Will Shakespeare, der sagte: Liebe ist Wahnsinn, Liebe macht blind, Liebe ist Vernunft ohne Verstand. Ich persönlich gebe ihm völlig Recht. Liebe ist völlig verrückt! Und sich zu verabreden, ist noch verrückter.

Woran erkennt man eine gelungene Verabredung? Zum Beispiel am Nebelblick. Genau. Ihr beide sitzt in eurem Lieblingscafé und schlürft koffeinfreien Cappuccino und du bemerkst noch nicht mal den weißen Milchschaum auf seiner Oberlippe. Weil du nur Augen für seine Augen hast. Alles verschwindet im Nebel außer den magnetischen Augäpfeln deines Auserwählten, die du mit Weichzeichner siehst: warm, freundlich, ernsthaft. Du könntest genauso gut mit Bambi ausgehen. Getrübte Wahrnehmung ist eines der ersten Warnsignale bei einer Verabredung.

Dann gibt es das Rasende Herz. Er lächelt dich an. Dein Puls erhöht sich schlagartig. Du spürst, dass dein Herz flattert wie ein Vogel im Käfig. Dass es gegen deinen Brustkorb schlägt, wie ein Gefangener gegen die Gitterstäbe seiner Zelle. Dein Herz will ausbrechen. Es will zu ihm fliegen. Du könntest wetten, dass er es durch deinen Body, dein Flanellhemd und deine Jeansjacke hindurch sehen kann.

Und schließlich gibt es noch den Totalen Hirnausfall. Sind das Sterne, die du da siehst, oder Funken weil die Sicherung deiner grauen Zellen durchgebrannt ist? Das Kinn klappt dir runter. Doch leider hast du jeden coolen Anfangsspruch vergessen, den du in der „Bravo" gelesen hast. Mit Geistesblitzen ist nicht zu rechnen. Konversation nicht möglich. Wenn du erstmal an diesem Punkt angelangt bist, kannst du gleich den Notarzt rufen ... du bist weggetreten.

Deshalb kann eine Verabredung sehr seltsame Auswirkungen auf dein Herz, dein Gehirn oder deine Augen haben. Und es gibt keine vorbeugende Medizin dagegen. Du hast einfach keine Kontrolle darüber, wie es passiert, wann es passiert oder mit wem es passiert, stimmt's?

Beinahe.

Was ist, wenn du den Typ, mit dem du ausgehst, sehr gut kennst? Wenn er zum Beispiel ein guter Freund ist. Okay, sagen wir, er ist dein bester Freund. Dann wüsstest du ja, was dich bei einer Verabredung erwartet oder etwa nicht? Aber manchmal ist es so, dass jemand, den du als Freund wirklich gut kennst, bei einer richtigen Verabredung nicht mehr wieder zu erkennen ist. Glaubt mir, ich weiß, wovon ich rede.

Eine kleine Affäre

Ich wühlte man wieder durch meine Sammlung von Ohrringen. Ich saß auf dem Bett und neben mir stand der geöffnete, angemalte Schmuckkasten. „Zu lang", sagte ich laut, als ich den großen Perlenanhänger betrachtete, den ich mir neulich erst zugelegt hatte. „Zu kleinmädchenhaft", verwarf ich die Emaille-Pudel, die Tante Dorney mir geschickt hatte. „Zu Barbie-mäßig", fand ich die blinkenden rosafarbenen Kreolen, die ich immer so gern getragen hatte.

Sams Leiter schlug gegen das Fensterbrett, als ich gerade genau die richtigen Ohrringe gefunden hatte. Sie hatten das gleiche Rot wie die Weste, die ich zu meinem gemusterten indischen Kleid und den schwarzen Cowboystiefeln trug. „Hi, Sam", sagte ich auf dem Weg zum Spiegel.

„Hey, Clarissa."

„Was machst du denn hier?" Ich probierte die Ohrringe an. *Perfectissimo!* „Ich dachte, du gehst heute Abend mit Lindsey Flingfield aus." Als ich ihn ansah, stellte ich fest, dass er nicht gerade glücklich wirkte.

„Das war ich auch. Es ist Schluss", sagte er düster. „Sie ist nach Hause gegangen. Ich bin hier."

„Wow, kurze Verabredung. Was ist denn falsch gelaufen?"

„Weiß ich nicht. Das weiß ich nie. Alles, was ich gesagt habe, war, lass uns auf den Wasserturm steigen und nach UFOs Ausschau halten."

„Cool. Hört sich witzig an", sagte ich.

Sam schüttelte den Kopf. „Das Nächste, was ich weiß, ist, dass sie sich unbedingt die Haare waschen musste."

„Oh, die alte Haare-waschen-Ausrede. Was ist denn ihr Problem?", fragte ich.

„Keine Ahnung. Es wäre nicht so schlimm, wenn es nur *ihr* Problem wäre. Aber es ist mit jedem Mädchen dasselbe. Ich sage oder mache irgendwie immer das Falsche."

Geistesabwesend wühlte er in meinem Schmuckkasten herum. Ich schloss das Kästchen und stellte es wieder auf die Kommode. „Ich glaube nicht, dass es an dir liegt, Sam."

Er folgte mir durch das Zimmer. „Willst du damit sagen, dass jedes Mädchen, mit dem ich ausgehe, eine Niete ist?"

„Nee, aber du hast eben noch nicht die Richtige gefunden."

„Gibt es *eine* Richtige? Und wenn sie nun in Helsinki wohnt? Dann werde ich sie niemals treffen." Sam schüttelte den Kopf und warf sich in meinen Schreibtischstuhl.

„Vielleicht hast du Glück und sie wohnt hier in der Nähe."

„Wer denn zum Beispiel?"

„Na ja, für den Anfang schon mal jemanden, der gern das unternimmt, was wir unternehmen", erklärte ich ihm.

„Yeah. Okay." Das heiterte ihn etwas auf.

„Jemand, mit dem du reden kannst." Ich setzte eine blaue Baseballmütze auf. *Totale Fehlanzeige.* Ich warf sie wieder auf die Ablage. „Die auch eine eigene Meinung hat", fuhr ich fort.

„H-hm", sagte Sam.

„Die dich mag ..." Ich zog die schwarze Wollmütze auf, die mir meine Mutter im letzten Herbst gehäkelt hatte. *Genial!* „Es muss sie geben, Sam."

„Vermutlich", sagte er. „Aber sie sollte sich bald zeigen, sonst ende ich noch bei ‚Herzblatt' im Fernsehen."

„Es braucht alles seine Zeit. Du bist nicht der Typ, den man mal eben kennen lernt."

Sam stand auf. „Wir haben nicht so lange gebraucht, uns gut zu kennen", sagte er.

„Yeah, aber wir sind anders."

„Das stimmt." Er ging rüber zu meiner Kommode und starrte sich im Spiegel an.

„Aber das liegt daran, dass wir die Möglichkeit hatten, uns kennen zu lernen", erinnerte ich ihn.

Neben dem Spiegel stand ein Foto von uns beiden. Ich hatte es kurz nach den Schulferien mit meiner neuen Kamera aufgenommen. Ich wollte den Selbstauslöser ausprobieren. Das Bild war ziemlich gut geworden. Wir lachten beide. Doch als Sam es jetzt hochnahm, runzelte er die Stirn. Irgendwie war es eher ein konzentrierter Blick als ein Stirnrunzeln. Vielleicht konnte man es auch einen Nebelblick nennen.

„Yeah", sagte er nachdenklich und betrachtete das Foto. „Vielleicht hast du Recht."

„Sam?" Der seltsame Blick, mit dem er sich unser Bild ansah, beunruhigte mich.

Er riss sich zusammen. Schnell stellte er das Foto wieder hin. „Oh. Klar. Was hast du gesagt?", fragte er ein bisschen verunsichert.

„Also, ich hab nachgedacht. Wenn du heute Abend nichts weiter vorhast, können wir doch zusammen auf den Wasserturm steigen."

Sein Kopf schnellte hoch. „Und nach UFOs Ausschau halten?"

„Sam, du weißt doch, dass ich nicht an UFOs glaube", erinnerte ich ihn. „Aber wenn ich so drüber nachdenke, sollte ich vielleicht meine Kamera mitnehmen."

Wenn ich das Wort bizarr höre, denke ich nicht zuerst an ein UFO, sondern an meinen Bruder, das Ferg-Face. Wir standen am nächsten Morgen in der Küche und machten uns Frühstück. Ich durchforstete den Kühlschrank und suchte den Johannisbeersaft. Ferg-Face starrte aus dem Fenster und suchte Ärger. Dad kam auf Krücken in die Küche gehüpft. Sein linkes Bein steckte in einem Gipsverband.

„Marshall, bist du schon aufgestanden?" Mom sah von ihrem Backblech auf, das sie gerade aus dem Ofen holte. Es war voller kleiner Tonschälchen, die ihre Vorschüler im Kindermuseum getöpfert hatten.

„Ich kann nicht schlafen", sagte mein Dad und hüpfte zum Tresen, während sie das Blech absetzte. „Sobald ich die Augen schließe, durchlebe ich den Unfall noch einmal. Immer und immer wieder …"

„Echt heftig", sagte ich mitfühlend.

„Marshall, es war ein Arbeitsunfall", sagte Mom. „Du hattest mir versprochen, vorsichtig zu sein."

Dad ist Architekt und sehr stolz auf die Gebäude, die er entwirft. Das Gebäude, das für seinen Unfall verantwortlich war, war riesiger Schnell-Imbiss. „Janet, ich habe das Gebäude entworfen. Ich musste doch den Bau überwachen", protestierte er, griff nach dem Holzlöffel und kratzte sich damit unter dem

Gips. „Da stehe ich also auf dem Fryfel-Turm", rezitierte er.

„Dem Fryfel-Turm", wiederholten Ferguson und ich im Chor. Wir hatten diese Geschichte seit dem Unfall schon einige Hundert Male gehört.

„Dem größten Pommes-frites-Turm westlich von Paris", sagte Mom. Sie hatte alles mindestens doppelt so oft gehört.

„Ich bin im vierten Stock und blicke über den Arc de Ketschup ..."

Ich beendete den Satz für ihn. „Plötzlich geht irgendetwas schief ..."

Jetzt war Dad wieder dran. „Sie ziehen langsam das riesige Schild hoch, worauf steht ..."

„Wetten, es schmeckt nach mehr", sagte Mom.

„Ja, ja. Genau das. Plötzlich ..."

„Kommt es genau auf dich zu?", schlug Ferguson vor.

„Meine Knie werden weich. Bevor ich ausweichen kann ..."

„Wammm!", Mom, Ferg-Face und ich lieferten das Finale.

Dad schüttelte traurig den Kopf. „Ja. Genau so ist es passiert. Wer kann da schlafen? Es ist nicht nur das Bein, es sind auch die Soapersteins."

„Die Soapersteins?" Das sind unsere Nachbarn, Ned und Edna Soaperstein. Normalerweise nette, unauffällige Leute.

„Du hast was verpasst, Schatz", sagte mein Dad und stellte sich neben Ferguson ans Küchenfenster.

„Großer Krach bei den Soapersteins gestern Abend, als du aus warst", informierte mich der rotschöpfige Alien begeistert.

Mom legte die unförmigen kleinen Tonschalen in einen Karton, um sie mit in die Schule zu nehmen. „Hey, Ned und Edna haben offenbar ein paar Probleme zu lösen", unterbrach sie. „Das geht uns gar nichts an. Marshall, spionier nicht hinter den Nachbarn her."

„Eure Mutter hat Recht, Kinder", sagte Dad, legte Ferguson den Arm um die dünnen Schultern und drehte ihn vom Fenster weg.

„Ganz deiner Meinung. Außerdem sieht es ziemlich ruhig da drüben aus", sagte mein schleimiger Bruder und versuchte immer noch zu sehen, was in Soapersteins Vorgarten vor sich ging. „Ned Junior und Elsie sind mit ihrer Großmutter in Griechenland."

„Hey", sagte Dad, „Ned ist im Garten."

„Er sieht ziemlich fertig aus. Und ... was hat er da in der Tüte?" Fergusons sommersprossige Nase presste sich wieder gegen die Fensterscheibe. „Sieht so aus, als wollte er etwas ... vergraben!"

„Das ist Dünger", sagte Mom nachdrücklich und schloss die Fensterläden.

„Dünger?", wiederholte Ferguson ungläubig. „Was für eine Art Dünger? Weißt du, Leichen geben auch guten Dünger ab."

„Du musst es ja wissen", erinnerte ich ihn, während ich den Johannisbeersaft zurück in den Kühlschrank und meine leere Müslischale in den Ausguss stellte.

„Ich bin sicher, es gibt eine ganz simple Erklärung dafür", sagte mein Dad.

„Warum fragst du Ned nicht einfach?", schlug Mom vor.

„Also, Leute", sagte ich, griff nach meinen Büchern und ging zur Tür. „Ich würde wirklich ebenso gern wie ihr hinter den Soapersteins herspionieren, aber, hey, ich hab noch ein Leben!"

Ich stand vor dem Spiegel und knotete die Enden meines Jeanshemdes zusammen, als Sams Leiter gegen das Fensterbrett schlug. Es war etwa vier Uhr nachmittags und wir wollten zur Universität gehen, um den Flugsimulator auszuprobieren.

„Hey, Clarissa. Bist du fertig?" Sam sprang in Turnschuhen, ausgebeultem Sweatshirt und Baggy-Shorts in mein Zimmer.

„Gleich. Nur noch eine Minute." Ich knotete die Bluse nochmal. Ich trug sie über einem Kleid und konnte mich nicht entscheiden, ob sie geknotet oder ungeknotet cooler aussah.

„Mann, ich kann nicht glauben, dass wir uns wirklich diesen Flugsimulator an der Uni angucken. Ich habe gehört, er ist echt ..." Plötzlich verstummte Sam. Ich drehte mich nach ihm um. Er starrte mich merkwürdig an.

„Echt was?", half ich.

„Ähm ... echt ... ähm ...", antwortete er. Dann kam er zu sich und sagte: „Tut mir Leid. Wovon habe ich eben geredet?"

„Vom Flugsimulator?" Ich ging zu meinem Schminktisch und spritzte mir ein bisschen Parfüm auf den Hals.

„Oh, yeah. Der ist in der Universität."

„Das sagtest du bereits."

„Wirklich? Das ist komisch."

„Yeah. Zum Totlachen", sagte ich sarkastisch. Auf meinem Weg zur Garderobe ging ich auf Sam zu. Als ich gerade an ihm vorbeigehen wollte, wich er zu meinem Schminktisch aus. Er wirkte unbehaglich. Er benahm sich so, als wollte er nicht in meiner Nähe sein.

„Mann, seit wann benutzt du Parfüm?", fragte er. Er nahm die Flasche mit dem witzigen Flakon und drehte sie in seinen Händen.

„Ich weiß nicht. Manchmal benutze ich es. Wenn ich mich danach fühle. Stört es dich?"

„Oh, nein. Es ist toll."

„Also, was ist mit diesem Flugsimulator?", fragte ich.

„Yeah, der ist cool. Du steigst auf eine Höhe von 10 000 km und tauchst dann unter den Angreifern durch. Außer wenn unter dir gerade eine Bohrinsel ist."

„Dieser Flugsimulator scheint wie ein Videospiel zu sein."

„Nein, ganz anders als ein Videospiel. Er ist … okay, er ist genau wie ein Videospiel." Er fummelte immer noch mit meiner Parfümflasche herum. „Phhaahh!", brüllte er plötzlich.

„Was hast du?" Ich drehte mich um.

Er kniff die Augen zusammen. Seine Miene verzog sich, als hätte er Schmerzen. Er wischte sich mit dem Ärmel über das Gesicht. „Diese Dinger sind gefährlich", sagte er und stellte die Flasche hin. Er hatte sich Parfüm ins Gesicht gespritzt.

Ich eilte zu ihm. Wieder wich er zurück. „Sam, ist alles in Ordnung mir dir?"

„Was? Mit mir? Klar. Wieso?"

„Sam ..." Ich sah ihn fragend an.

„Okay, okay", sagte er und hielt die Hände hoch. „Ich weiß nicht, wie ich es sagen soll, aber, ähm, ich habe nachgedacht. Darüber, was du gesagt hast."

Ich suchte an der Garderobe nach einem passenden Schal für mein geblümtes Kleid und das blaue Jeanshemd. „Was ich wozu gesagt habe?", fragte ich Sam etwas abwesend.

„Darüber, wie ich eine Freundin finde."

„Und?"

„Na ja, ich habe ein Mädchen gefunden, das ich mag."

„Toll. Wer ist es? Warte ...", sagte ich. „Sag es mir nicht. Lass mich raten. Cara Kaiserseed. Die Neue in der Klasse."

„Nein. Es ist jemand, den ich schon seit Ewigkeiten kenne. Und sie steht ganz oben auf der magischen Checkliste."

Ich legte mir einen langen Schal um den Hals und griff nach dem Schmuckkasten.

„Das Mädchen mit den unechten Zöpfen, das in Chemie hinter dir sitzt", riet ich.

Ich merkte, dass Sam wieder auf unser Foto starrte. Er sah, dass ich ihn beobachtete und stellte das Bild schnell wieder hin.

„Emily Lipincott? Niemals. Dieses Mädchen hat echte Haare. Und ich weiß, dass sie mich mag."

Ich steckte mir meine Planeten-Ohrringe an: Erde ans rechte Ohr, Mars mit seinen roten Ringen ans linke. *Genau der richtige Schmuck für den Besuch eines Flugsimulators*, dachte ich. Dann schnalzte ich mit den Fingern. „Oh ... ich weiß, wer es ist", gab ich bekannt.

„Im Ernst?" Sam strahlte mich an.

Ich ging zu ihm rüber. „Gillian Novak."

„Nein! Du kennst sie, Clarissa. Du kennst sie sehr gut", beharrte er. „Du verstehst sie wirklich."

„Wirklich?" Ich überlegte und überlegte, aber mir viel niemand ein. „Ich gebe auf. Wen meinst du?"

„Dich."

„Mich? *Mich?!?*"

Sam nickte schüchtern. „Also, was denkst du darüber?"

Denken? Was ich dachte, war: *Sam und ich? Ich und Sam? Ich denke – eher nein.* Was ich sagte, war: „Denken? Na ja, ich denke, dass ... ähm ..."

Es klopfte an der Tür. Ferguson stürmte herein. Sam und ich wichen hektisch auseinander. Nie hatte ich mich so darüber gefreut, meinen idiotischen Bruder zu sehen. Er hatte ein Fernglas dabei. Mein krückenschwingender Vater hüpfte hinter ihm her.

„Schatz?", fragte mein Vater etwas verspätet, „dürfen wir reinkommen?" Dann eilte er an uns vorbei zum Fenster.

„Dad? Ferguson? Oh, klar. Was gibt's?"

„Eine Menge." Ferguson reichte meinem Vater das Fernglas. „Okay, guck mal hier durch und sag mir, was du siehst."

„Ich sehe zwei Möbelmänner und einen Schrankkoffer", antwortete mein Dad.

„Aha! Kannst du lesen, was auf dem Aufkleber steht?"

„Kann ich nicht entziffern."

„Das ist schrecklich", sagte Ferguson dramatisch. „Edna Soaperstein wird schon seit einigen Tagen vermisst. Und wenn dieser Schrankkoffer da nach Übersee geht, fällt er nicht mehr in unsere Gerichtsbarkeit."

„Gerichtsbarkeit? Ferguson", sagte mein Dad, der offenbar geistig darunter gelitten hatte, dass er so lange ans Haus gefesselt war, „am Flughafen gibt es Hunde, die so was herausschnüffeln."

„Aber er könnte verschifft werden."

In diesem Moment berührte Sam meinen Arm. „Clarissa", sagte er sanft.

„Hey, Leute", rief ich, „gibt es kein anderes Fenster, durch das ihr gucken könnt?"

„Deins hat den besten Blick", beharrte Ferguson.

„Wisst ihr, wir haben gerade etwas zu besprechen."

„Oh, entschuldige, Schatz", sagte mein Dad. „Komm, Ferguson." Als sie gingen, hörte ich meinen Vater sagen: „Verschiffen funktioniert nicht. Die Passagiere würden etwas merken."

„Nicht, wenn sie es präparieren", sagte Ferguson.

Sam und ich sahen uns an, während die Tür zufiel. Ich räusperte mich. „Also, los, wir wollen unseren Flug nicht verpassen, auch wenn es nur eine Simulation ist", sagte ich mit gezwungener Heiterkeit.

„Clarissa!" Sam ließ sich nicht ablenken.

„Was meinst du?"

„Du weißt genau, was ich meine. Du hast mir noch nicht geantwortet."

„Sam, das willst du doch nicht wirklich", versicherte ich ihm. „Ich bin nicht die Richtige für dich. Wir sind Freunde. Was ist, wenn es nicht klappt?"

„Wir können immer wieder nur Freunde sein."

„Das glaubst du", sagte ich.

„Warum nicht?"

„Glaub mir, Sam, das wird irgendwie komisch."

„Woher willst du das wissen?"

Das stimmte, ich wusste es nicht. Aber ich war mir ziemlich sicher, dass es so war. „Sam, du machst einen Fehler. Als ich von der Richtigen für dich sprach, die dich genauso gut kennt wie ich dich, meinte ich nicht mich."

„Warum nicht?"

Ich versuchte, es ihm so gut es ging zu erklären. „Weil ich ich bin und du du, und das wird kein *Wir*."

Sams Schultern sackten herunter. Er sah total enttäuscht aus. „Oh, ich verstehe", sagte er.

„Hey, nein, du bist ein toller Typ. Ich finde, du bist der tollste Typ auf der Welt …"

„Also, wo ist das Problem?"

„Sam, du bist ein Junge und mein bester Freund. Aber du bist nicht *mein Freund*."

„So muss es ja nicht unbedingt bleiben, Clarissa."

„Sam, wie soll ich es dir klarmachen?", fragte ich.

„Geh mit mir aus", sagte Sam.

„Mit dir ausgehen? Wir gehen die ganze Zeit aus", erinnerte ich ihn.

„Yeah, aber ich meine nicht so ausgehen. Ich meine, *ausgehen*."

Ich ging im Zimmer hin und her. „Ausgehen?", wiederholte ich, um Zeit zu schinden.

„Genau", sagte Sam, als ob er mich dazu aufstacheln wollte.

„Also gut", sagte ich schließlich.

„Also gut. Toll", sagte Sam. Er sah nicht viel glücklicher aus als ich, stellte ich fest.

„Toll", sagte ich mit einem aufmunternden Lächeln.

„Gut. Wann?"

„Oh ...", war alles, was ich herausbrachte.

„Wie wär's mit morgen?", schlug Sam vor.

„Okay, morgen."

„Okay. Also bis dann." Er drehte sich auf dem Absatz um und ging zum Fenster.

„Sam, warte. Wo willst du hin? Was ist mit unserem Flugsimulator?"

Sam hatte bereits einen Fuß auf das Fensterbrett gestellt und hielt die Leiter mit beiden Händen fest. Er sah mich an und blinzelte. „Clarissa, ich kann nicht mit dir ausgehen, bevor wir nicht miteinander ausgegangen sind", erklärte er. „Bis morgen!"

Ich sah ihm nach, wie er die Leiter herunterkletterte, dann fiel ich rücklings auf mein Bett. Mein Gott! Ich würde mit Sam ausgehen! Er war warmherzig, verlässlich, süß, ein toller bester Freund – aber das hörte sich eher nach einem Schoßhund an als nach einer Verabredung.

Was würden wir tun, wohin würden wir gehen? Alles, was mir einfiel, war die Spaghetti-Szene aus „Susi und der Strolch". Nur diesmal würden Sam und ich in einem gemütlichen italienischen Restaurant an einem Tisch mit rot-weiß karierter Decke sitzen.

Im Licht einer Kerze, die in einer Chianti-Flasche steckte, würden wir uns tief in die Augen sehen und alles um uns herum vergessen. Wir würden uns einen Teller Spaghetti teilen. Und während unsere Gesichter sich einander näherten, die Nasen auf einander zustrebten, würden wir feststellen, dass wir jeder an einem Ende derselben Spaghetti kauten. Und dann führte uns diese Spaghetti immer näher zusammen, bis wir uns ... küssten?!?

Ich würde mit Sam ausgehen. *Mama Mia*, dachte ich, *was soll ich bloß tun?*

Wer nicht fragt, bleibt dumm. Verabredungen. Was ist das, warum gibt es sie, was soll man tun, wenn es einem passiert? Eine gelungene Verabredung ist so wahrscheinlich wie ein Sechser im Lotto. Wenn man die Weltbevölkerung in Bezug zur Anzahl der Personen setzt, mit denen man wirklich ausgeht, stehen die

Chancen ziemlich schlecht für dich. Und wenn du deine Verabredung zufälligerweise mit jemandem hast, den du magst, der aber keine Feuerwerke oder Klingelglocken in dir auslöst, stehen die Chancen noch schlechter. Solltest du mit einem Jungen ausgehen, nur um seine Gefühle nicht zu verletzen? Natürlich nicht. Aber Sam ist nicht „ein Junge", er ist mein bester Freund. Wir verstehen uns so gut, dass ich am liebsten „Au!" schreien möchte, wenn er einen Splitter hat. Ich wollte Sam nicht wehtun, indem ich ihm einen Korb gab. Ich wollte nicht dieser Splitter sein. Also gingen Sam und ich ... ich kann es noch nicht mal aussprechen. Wir gingen zusammen weg. Wie es war? Es war gut. Es war schlecht. Es wurde grässlich.

Alles fing ziemlich normal an. Wir gingen ins Kino. Was könnte normaler sein? Wir guckten uns einen dieser romantischen Schnulzenfilme an. Männer weinten. Frauen fielen in Ohnmacht. Wir mochten die Szene, in der das Auto in die Luft flog.

Wir verließen das Kino zusammen mit massenweise verliebten Paaren. Boys legten den Arm um ihre Freundinnen. Mädchen legten den Kopf an die Schultern ihrer Freunde. Man reichte einander Taschentücher. Wischte sich die Tränen weg. Sam und ich blinzelten nur in die Lichter der Eingangshalle und taten, was wir immer taten: reden.

„Die Verfolgungsjagd war genial", sagte Sam, während sich ein Paar rechts von uns küsste.

„Yeah, aber als der Lastwagen durch die Fensterscheibe krachte …"

„Im fünfzehnten Stock …"

„Und auf der Autobahnzufahrt landete …"

Links von uns schniefte ein Mädchen. Ihr Freund wischte ihr behutsam die Tränen ab.

„Und er lacht einfach nur …", fuhr Sam fort.

„Yeah, und ihre Frisur war total perfekt. Kein einziges loses Löckchen …"

„Glaubst du, sie hat Ultra-Haarlack benutzt?"

Wir folgten der Menge zum Burger-Restaurant und setzten uns an den letzten freien Tisch. Gerade als uns der Ober unsere Milchshakes brachte, beschloss Sam, den ersten Schritt zu machen. Von da an bewegten wir uns auf glitschigem Boden. Er legte den Arm um mich. Dann wollte ich den nächsten Schritt machen. Nach Alaska. Sein Arm fühlte sich an wie ein Sack nasser Zement. Ich hätte Alaska nicht erreicht. Ich konnte noch nicht mal meinen Milchshake erreichen. Und Sam schien ebenso begeistert von seinem Erfolg zu sein wie ich.

Die Dinge entwickelten sich von seltsam bis hin zu deprimierend. Als wir schließlich vor meinem Haus ankamen, tat er etwas, das ich nicht erwartet hatte. Sam blickte mich an. Ich blickte ihn an. Die Worte „Okay, also, gute Nacht" formten sich auf meinen Lippen. Beim O von Okay küsste er mich. Na ja, sagen wir, seine Lippen berührten meine mit der Leidenschaft eines Fremden, der zufällig mit mir in einem voll gepackten, anruckenden Fahrstuhl steckt.

Wir wichen beide einen Schritt zurück.

„Okay, also, gute Nacht", sagte ich.

„Yeah", sagte Sam, „bis dann."

Als ich am nächsten Tag in meinem Zimmer die Wäsche zusammenlegte, ging ich im Geist noch einmal den gestrigen Abend durch – bis zum Todeskuss. Was hatte Sam sich dabei gedacht? Ich hatte gesagt, wir würden ausgehen, aber ich hätte nie erwartet, dass er so schnell so weit gehen würde. Und wie war dieser Kuss eigentlich gewesen? Ich würde sagen, es gab kein Feuerwerk. Nein, ich würde sagen, was Küsse betraf, war es eine Fehlzündung gewesen. Ich hatte auch keine Glocken gehört. Und keine Blitze gesehen. Dunkle Wolken, ja. Gleißendes Wetterleuchten, das den Himmel erstrahlen ließ – nein.

Aber Sam wollte diesen ganzen Feuerwerk-Glocken-Blitze-Kram. Und ich fühlte mich schlecht, weil ich Sam wirklich mochte. Ich brauchte ihn, weil er mir ein gutes Gefühl vermittelte. Aber eben nicht … *dieses* Gefühl. *Was für ein Durcheinander*, dachte ich und faltete zum dritten Mal dasselbe karierte Hemd. Ich wünschte, ich wäre Engländerin. Die Typen in diesen langweiligen britischen Dramen im öffentlich-rechtlichen Fernsehen wussten immer, was sie fühlten. Sie hatten sich immer unter Kontrolle.

Ich legte das Hemd wieder auseinander und sank dann auf mein mit Wäsche übersätes Bett. Ich stellte mir Sam und mich in einem dieser britischen Filme vor. Es war Tea-time. Wir saßen uns steif gegenüber. Sams Haare waren exakt gescheitelt und sein Hemd bis oben zugeknöpft. Er trug eine kecke Weste unter einem echt coolen Morgenmantel. Ich war natürlich ein Traum in bodenlangem Taft, die Locken türmten sich auf meinem Kopf.

„Oh, Sam, mein guter Freund", sagte ich und goss ihm Tee aus einer filigranen Kanne mit Blumenmuster ein.

„Ja, meine liebe, liebe Clarissa." Sam nahm die fast durchsichtige Tasse, die ich ihm reichte.

„Weißt du, ich spüre ein Gefühl", sagte ich.

„Tatsächlich? Ist es das Gebäck?"

Ich kicherte viktorianisch. „Nein, hihi. Oh, Samuel, du bist ein solcher Schelm. Ich verspüre, ich würde sagen, es ist mehr als ein Gefühl. Ich denke, es kommt von Herzen."

„Weißt du, Clarissa, ich denke, dass ich, tatsächlich, ebenfalls ein Gefühl verspüre."

„Wirklich?"

„Ja, ich habe dies heute Morgen bemerkt. In der Tat denke ich", fügte Sam hinzu und runzelte seine glatten, hellen Brauen, „dass ich mich nach dir verzehre."

„Du verzehrst dich nach mir? Das wäre stärker als nur ein Gefühl", erklärte ich.

„Ganz recht. Doch nicht so stark wie ein Verlangen."

„Und nicht ganz so lang", fügte ich hinzu.

„Nein, ich denke, da hast du Recht."

Wir lachten höflich.

„Ich kann nicht essen", gestand ich Sam.

„Ich kann nicht schlafen", antwortete er.

„Noch etwas Tee?"

„Bitte", sagte er wohlformuliert.

„Sag, was denkst du, geschieht mit uns. Könnte es … Liebe sein?"

„Ich nehme an, das könnte es sein", sagte Sam.
„Denk mal", sinnierte ich.

Das Leben im Fernsehen war so viel einfacher. Da gab es keine nassen Zementarme auf meiner Schulter. Keine unbeholfenen, plötzlichen Küsse. Keine Verwirrung. Keine Angst davor, jemanden zu verletzen oder verletzt zu werden. Wir würden alles einfach auf diese einfühlsame Theaterweise besprechen. Es war so eine tröstende Vorstellung. *Aber,* dachte ich, als ich das Hemd wieder zur Hand nahm, *anstatt meine Gefühle zu kennen, weiß ich überhaupt nicht mehr, wie ich mich fühle. Ich weiß nicht mehr, ob Sam mein bester Freund ist oder nicht.*

Ich hoffte nur, er würde sich eine Weile nicht blicken lassen. Ich brauchte etwas Zeit, um meine Gefühle zu entwirren. Ich wollte ruhig sein, cool und …

Plötzlich tauchte Sams Leiter an meinem Fenster auf. Ich konnte nicht anders. Ich ließ das Hemd fallen, das ich gerade zusammenlegte, und rannte aus der Tür.

Ich lief die Treppe runter und aus der Haustür hinaus. Und rannte genau in Sam hinein. Oberstress. Tierisch peinlich. Mega-Generve.

„Sam! Was machst du denn hier?", fragte ich atemlos.

„Ich hab's über die Leiter versucht, aber du warst nicht in deinem Zimmer, also ..."

„Sam, jedes Mal wenn ich mich umdrehe ... ist da diese Leiter! Und da bist du schon wieder! Manchmal nervt mich das derartig!"

„Clarissa, wovon redest du?", fragte er.

„Na ja, ich ..." Was sollte ich sagen? Dass ich den Großteil des Tages damit zugebracht hatte, den gestrigen Abend Revue passieren zu lassen? Dass ich keine Lust mehr hatte, mir über Sam Gedanken und Sorgen zu machen?

„Schwesterherz, dich habe ich gesucht." Diese Stimme gehörte Ferguson, nur netter.

„Ich habe jetzt keine Zeit", brummte ich. Dann bemerkte ich, dass er einen große Spaten trug.

„Hoppla. Ich habe meine Taschenlampe vergessen. Hier, halt mal einen Moment", sagte er. Er gab mir den Spaten und verschwand wieder im Haus.

„Vielleicht ist es besser, wenn ich später wiederkomme", sagte Sam. „Du bist unheimlich sauer."

„Geh nicht, Sam. Ich bin nicht sauer auf dich."

„Was dann?"

„Ich bin bloß durcheinander."

„Na ja, vielleicht bin ich auch durcheinander."

„Du bist durcheinander ...!" *Wer hat denn hier wen*

geküsst, dachte ich. Wessen schlaue Idee war es denn überhaupt, mit seiner besten Freundin auszugehen?

Ferguson kam mit einer Taschenlampe zurück. „Okay, Taschenlampe, Spaten", sagte er und nahm den Spaten, den er mir in die Hand gedrückt hatte.

„Was hast du vor?" Ich wusste, ich hätte nicht fragen sollen. Mit dem hinterlistigen Ferguson zu reden, war nie eine positive Erfahrung. Ich konnte mich bloß einfach nicht zurückhalten.

„Mr. Soaperstein hat endlich das Haus verlassen. Ich werde mich mal drüben umsehen. Und ich brauche deine Hilfe. Schwesterherz. Du willst doch nicht, dass ich da rübergehe, ohne dass jemand Schmiere steht, oder?" Bevor ich antworten konnte, schnalzte er mit den Fingern. „Plastiktüten. Für die Beweisstücke", sagte er. „Wo bewahrt Mom die auf?"

„Unter dem Waschbecken links, hinter dem Eimer."

„Danke", sagte das verrückte Ferg-Face und verschwand wieder im Haus.

„Sam, ich weiß nicht, wieso du verwirrt bist", sagte ich.

„Ich weiß nicht, worum du das nicht verstehst", schnappte Sam zurück.

„Oh, toll."

Wir standen uns mit verschränkten Armen gegenüber und starrten uns feindselig an.

„Wenn du mir mal eine Minute zuhören würdest." Jetzt war er wirklich böse.

„Oh, jetzt bist du sauer?"

„Du hast ja angefangen."

„Was meinst du damit, ich habe angefangen?"

Ferguson schlich wieder aus dem Haus. Er trug den Spaten, die Taschenlampe und nun auch noch eine Tüte mit Plastikbeuteln. „Du hattest Recht. Ich hab sie. Sehr gut, Schwesterherz. Also, lass uns gehen."

„Nein!", brüllte ich ihn an.

„Was?"

„Nein. Ich sagte Nein!", wiederholte ich und drehte die Dezibel noch weiter auf.

„Ich schätze, du meinst damit N-e-i-n, wie in ‚Nein'?"

„Hör zu, Ferg-Fa …"

„Okay, okay. Dann leih mir aber deine Lupe."

„Nimm sie dir einfach", sagte ich mit knirschenden Zähnen.

„Wo ist sie?" Er lächelte schmeichelnd. Dieses Ferg-Face lächelte mich an.

„In der Kramschublade in der Küche.

„Nein, da ist sie nicht. Da hab ich schon geguckt."
„FERGUSON! Verschwinde endlich!", brüllte Sam.

Mein Bruder blinzelte mit seinen Reptilaugen. Einmal, zweimal, dreimal. Er sah Sam an. Er sah mich an. Ein schwaches Licht dämmerte hinter seinen gruseligen blauen Augen. „Ah ... hmmm ... also ... oh", sagte er, während ihm langsam klar wurde, dass er mitten in etwas hineingeraten war – etwas Großes und vermutlich Gefährliches. „Wisst ihr was? Ich werde einfach mal die Lupe suchen." Und mit einem gekünstelten Lächeln begab er sich in Sicherheit.

„Wisst ihr was?", äffte Sam Ferguson nach. „Das ist mir alles ein bisschen zu irre. Ich verzieh mich." Er drehte sich abrupt um und rannte davon.

Toll, dachte ich. *Jetzt schreit Sam schon meinen Bruder an – das ist doch meine Aufgabe. Und Sam und ich reden nicht mal mehr miteinander. Hilfe! Ich bin in einem Paralleluniversum gefangen.*

An diesem Abend bestand mein Vater kurz vor dem Abendessen darauf, dass sich die ganze Familie zu einem wichtigen Gespräch zusammenfand. Wir waren in der Küche. Mom und ich standen am Tresen. Sie hatte ein weiteres Blech mit Tonschälchen für ihre Vorschüler gebacken. Ich hoffte, dass sie sie nicht mit dem Rosenkohl und dem gehackten Tofu verwechseln würde, die auf einem absolut identischen Backblech daneben lagen. Als ich so darüber nachdachte, sahen diese Tondinger gar nicht so schlecht aus.

Mein Vater, mit Ferguson stolz an seiner Seite, machte eine Mitteilung. „Wir haben euch einberufen, weil wir ... also, Ferguson hat ... ich glaube, es gibt schlechte Neuigkeiten."

„Grässliche Neuigkeiten", grinste Ferg-Face. „Neuigkeiten, die euch das Blut in den Adern gefrieren lassen."

Mit Ausdrücken wie „ausradiert", „versenkt" und „sie ist zu Fischfutter geworden" ließen uns mein Bruder und Dad glauben, dass unser liebenswürdiger Nachbar Ned Soaperstein seine ebenso liebenswürdige Ehefrau Edna um die Ecke gebracht hatte. Selbst Moms Einwände konnten sie nicht von ihrer Überzeugung abbringen. Wo war Mrs. S.? Als Mom meinte: „Vielleicht ist sie verreist", sagte Ferguson: „Yeah, im Dauerurlaub." Sie brachten Beweise – Mrs. Soapersteins Gartenhandschuh, den sie anhatte, wie Dad sagte, „als Ned beschloss, dass er es nicht mehr länger ertragen konnte."

„Mom", flüsterte ich, „wird Dad wieder normal werden?"

„Ich hoffe es, Schatz", sagte sie. „Marshall, warum rufen wir Ned nicht einfach an und fragen ihn", schlug Mom vor.

Dad nahm ihr den Telefonhörer aus der Hand. „Nein!" Plötzlich zeigte Dad zum Fenster. „Da ist er! Soaperstein! Seht ihr? Das ist der Blick eines Mannes, der sich beobachtet fühlt."

„Aber er wird beobachtet", gab Mom zu bedenken. „Wir beobachten ihn. Marshall, du lässt deine Fantasie mal wieder mit dir durchgehen. Du bist völlig überdreht. Hi, Ned!", winkte Mom Mr. Soaperstein zu, während Ferguson und mein Vater sich auf den Boden warfen. Dann merkten sie, dass Mr. Soaperstein sie sehen konnte, kamen auf die Knie und winkten unserem offenbar perplexen Nachbarn lahm zu.

„Also, jetzt weiß er auf jeden Fall, dass wir ihn beobachten", beschwerte sich mein Vater.

„Was macht das für einen Unterschied, Marshall? Weißt du noch, als du dachtest, der Briefträger würde unsere Tippscheine für das Pferderennen stehlen?"

„Wer weiß, was er da in seiner Tasche hatte!"

„Hm-hmm. Und als du William Shatner an der Tankstelle gesehen hast?"

„Er hätte es sein können. Der Mann fährt schließlich Auto, Janet."

„Marshall, Ferguson, es reicht jetzt wirklich."

„Aber Mom! Wir müssen die Polizei rufen. Wenn wir es nicht tun, macht es jemand anderes. Und dann bekommen die die Rechte für ,taff'! Ich sehe es schon vor mir", sagte Ferguson verträumt. „Ich, gespielt von Sean Penn, ein zynischer, weltmüder Typ, von dem die Weiber nicht die Finger lassen können, der die Fotografen vertreibt und dem Madonna ihre Bürste darbietet, gegen …"

„Ich bin sicher, dass du noch Hausaufgaben machen musst!", ermahnte Mom den abgebrühten Typen.

„Komm, Sohn." Dad legte seinen Arm um Fergusons Schultern. „Ich zeige dir meine Fingerabdrücke, die ich gesammelt habe, als ich mich damals weigerte, einen Strafzettel zu bezahlen."

„Wow", sagte Ferguson.

„In zehn Minuten gibt es Abendessen", rief Mom ihnen hinter her.

„Soll ich dir helfen?", fragte ich sie.

„Nein. Erzähl mal, wie war dein Tag?"

„Langweilig. Nichts weiter. Also, noch mehr Tonschälchen, wie? Ich schätze, zehn, zwölf Erdnüsse passen da rein, mehr nicht."

„Clarissa, woher die plötzliche Begeisterung für Tonschälchen? Stimmt irgendwas nicht?"

„Nichts Ernstes."

„Ärger in der Schule?"

„Nein."

„Boys?"

„Ich will nicht darüber reden."

„Gut. Hilfst du mir, den Tisch zu decken?"

„Es geht um Sam", sagte ich leise. „Also, nicht nur Sam. Sam und mich. Aber nicht so."

„Das versteh ich nicht ganz", sagte Mom einfühlsam.

„Ich auch nicht!" Ich setzte mich an den Tisch. „Das ist ja das Problem. Warum konnten wir nicht alles so lassen, wie es war? Warum musste ich mit ihm ausgehen?"

„Oh, ihr seid miteinander ausgegangen?" Mom zog die Ofenhandschuhe aus und setzte sich neben mich.

„Yeah, wir sind ausgegangen. Und jetzt streiten wir uns. Wenn ich mit jemandem Streit habe, ist Sam der Einzige, mit dem ich darüber reden kann. Mit wem soll ich jetzt reden?"

„Das ist schlimm." Sie legte den Arm um mich.

„Ich wünschte, alles würde wieder so sein wie vorher", sagte ich.

„Was willst du nun tun?"

„Ich sag dir, was ich tun werde. Von jetzt an werde ich darauf achten, dass meine Freunde auch nur Freunde bleiben. Sonst kann man eine tolle Freundschaft kaputt machen!"

„Ihr zwei seid schon so lange befreundet", meinte Mom sanft. „Glaubt er denn auch, dass eure Freundschaft kaputt ist?"

„Ich weiß nicht. Er kam nicht dazu, viel zu sagen."

„Warum gibst du Sam nicht eine Chance? Ich dachte immer, ihr zwei könntet über alles reden."

Ich sah meine Mom an. Sie lächelte aufmunternd. Ich liebe ihr Lächeln. Sie war meine beste Freundin. Ich dachte darüber nach, was sie über Sam und mich gesagt hatte. Es stimmte. Wir hatten praktisch über alles geredet, seit wir uns kannten.

„Können wir auch", sagte ich. „Na ja, konnten wir jedenfalls. Also vielleicht geht es noch."

Es war etwa fünf Uhr nachmittags einige Tage später. Ich hatte Sam in der Schule nicht gesehen. Ich saß in meinem Zimmer auf dem Fensterbrett und überlegte, was ich ihm sagen würde, wenn er je wieder diese Leiter heraufklettern würde. Es klopfte an meiner Tür. Ich nahm an, Die Zwei, Ferguson und mein Dad, wollten mal wieder Soaperstein ausspionieren. Aber als ich die Tür öffnete, stand Sam da.

„Sam?", fragte ich intelligent.

„Yeah." Er war genauso originell.

„Oh, komm rein."

Das tat er. Er blickte sich unbehaglich um. Ich auch. „Hi, Sam", lächelte ich ihn an.

„Hi, Clarissa." Schweigen. Schließlich sagte er: „Clarissa, du weißt, dass es mir Leid tut wegen neulich."

„Yeah, mir auch."

„Weißt du, ich wollte darüber reden, dass …", fing er an.

„Ich weiß, was du meinst", sagte ich praktisch gleichzeitig. „Wir haben eigentlich gar nicht mehr geredet seit … diesem Abend."

„Dieser Abend." Sam verdrehte die Augen. „Puh. Ich meine, ich fand es wirklich toll und so."

„Oh, ich auch", versicherte ich ihm. „Aber am nächsten Tag …"

„Yeah. Oh Mann."

„Aber echt."

Wir lächelten uns an. Wir zuckten mit den Schultern. Wir hatten nichts zu sagen. Dann sagte Sam: „Also, Clarissa." Und ich sagte: „Also, Sam." Und wir sahen uns an.

„Du zuerst", meinten wir beide.

„Ich will nicht mit dir ausgehen", sagten wir beide.

„Wirklich?" Jetzt war Sam dran.

„Das ist ja super!", sagte ich.

„Hey, jetzt übertreib's mal nicht."

„Nein, nein, Sam. Ich will nur nicht dein Splitter sein."

„Splitter?"

„Ich meine, jetzt fühle ich mich erleichtert."

„Ja, ich auch. Können wir nicht einfach so tun, als hätte dieser Abend gar nicht stattgefunden? Ich hatte das Gefühl, ich würde meine Schwester küssen. Wenn ich eine Schwester hätte."

„Das ist super! Ich meine, ich freue mich wirklich, dass du das sagst. Glaube ich."

„Hättest du mich neulich ausreden lassen, hättest du es dann schon gehört."

„Wirklich? Tut mir Leid. Ich war ein bisschen … nervös. Weißt du, ich dachte, wenn wir zusammenkommen würden, gäbe es nur zwei Wege, wie es weitergehen könnte."

„Yeah", sagte Sam. „Riesen-Verpflichtung oder Riesen-Stress."

„Sieh mal, Sam. Es gibt eine Million Möglichkeiten für ‚Verabredungen' in der Welt, aber du bist nicht so leicht zu ersetzen."

„Du auch nicht", sagte Sam. „Aber da ist noch eine Sache."

„Was denn?"

„Wegen der Leiter. Ich finde das jetzt irgendwie komisch, so unangemeldet raufzukommen. Ich meine, letztes Mal bist du aus dem Zimmer gerannt. Vielleicht wär es besser, wenn ich sie gar nicht mehr benutze."

„Nein! Sam, du bist immer über die Leiter gekommen. Vielleicht sollten wir ein Zeichen vereinbaren."

„Okay, wie wär's, wenn ich wie eine Eule schreie", schlug Sam vor. „Und wenn du gerade irgendwie beschäftigt bist – du weißt schon, mit irgendeiner Mädchen-Sache – dann bellst du dreimal. Und ich warte. Und wenn alles klar ist ... muhst du einmal ganz lang."

„Oh, yeah, cool. Oder wie wär's damit: Ruf einfach vorher an."

„Mit dem Telefon?"

Das war der Sam, den ich kannte und liebte. "Yeah, mit dem Telefon."

"Gute Idee. Mann, bin ich froh, dass wir das alles geklärt haben."

"Ich auch, Sam."

"Also, ich muss los." Er grinste fröhlich. "Okay." Er ging zum Fenster.

"Äh, Sam?"

Er sah über die Schulter. "Was?"

"Es funktioniert irgendwie besssser, wenn da eine Leiter steht", sagte ich.

"Wow", sagte Sam. "Stimmt." Er winkte und ging aus der Tür.

Ich war froh, dass es vorbei war. Sam konnte wieder nach der Richtigen suchen … so lange er es nicht in meine Richtung tat.

Ich machte meine Hausaufgaben und ging dann nach unten.

"Sie lebt noch? Ich kann es einfach nicht glauben!", sagte Ferg-Face gerade.

"Okay, okay. Wo war sie?", fragte mein Dad.

"In Florida, zur Kur", erklärte Mom ihnen. "Ein Geschenk von Ned."

"Was war mit dem Schrankkoffer?"

"Kleidung für ihre Kinder in Griechenland."

„Nie passiert hier mal was", sagte Ferguson enttäuscht.

„Oh, super. Das muss ich Sam erzählen."

Meine Mom sah mich an. „Redet ihr wieder miteinander?", fragte sie. „Triffst du ihn wieder?"

„Ob ich ihn treffe? Klar treffe ich mich mit ihm, Mom." Ich drückte sie fest. Sie lächelte und strich mir über das Haar. „Warum auch nicht?", fragte ich. „Er ist schließlich mein bester Freund."

Liebe macht blind

Habt ihr je dieses Sprichwort gehört? Liebe macht blind. Das bedeutet, wenn man verrückt nach jemandem ist, sieht man ihn möglicherweise in ganz anderem Licht, als andere es tun. Wenn du dich zum Beispiel in Godzilla verliebst, kann dir die ganze Welt noch so oft sagen, dass er ein Monster ist. Für dich ist er einfach nur dieser große, starke Typ, der ziemlich aufpassen muss, wohin er tritt.

Es ist das Gegenteil von ‚du bekommst das, was du siehst'. Du und deine Freundin sehen denselben Jungen. Dir wird schlecht, sie kriegt vor Begeisterung Zuckungen. Es ist eher ‚du siehst das, was du willst'. Schönheit liegt im Auge des Betrachters. Ich glaube, Byron oder Shelley hat das gesagt. Vielleicht war es auch Calvin Klein. Jedenfalls heißt es auch nichts anderes als Liebe macht blind.

Okay, Liebe macht also blind. Aber sollten Verabredungen auch blind sein? Ich spreche vom ultimativen Teenager-Terror ... eine Reise durch das Haus des Schreckens ... die Achterbahnfahrt durch Hoffnung und wahnsinnige Aufregung ... das *Blind-Date!* Wenn ihr mich fragt, die verrückteste Art, sich zu verabreden. Du hast schon eine Menge von ihm gehört. Er hat schon eine Menge von dir gehört. Ihr wollt miteinander ausgehen – bevor ihr euch auch nur einmal gesehen habt! Arghh. Was hast du dir bloß dabei gedacht? Die Chancen, dass das funktioniert, sind genauso groß, wie im Lotto zu gewinnen, ohne sich überhaupt ein Los gekauft zu haben.

Ich habe gehört, dass Dickens gerade auf so eine Art Verabredung wartete, als ihm das Buch „Große Erwartungen" einfiel. Gott sei Dank kam sie auch, sonst hätte das Buch vielleicht „Große Enttäuschungen" geheißen. Man fängt an darüber nachzudenken, wie viel einfacher es wäre, mit jemanden auszugehen, den man schon wirklich gut kennt. Aber ihr wisst ja, was passierte, als Sam und ich ausgingen. Oh, Mann, ich glaube, genau darum geht es bei diesen Verabredungen – nichts macht irgendwie einen Sinn!

Blind-Date

Einige Monate waren vergangen, seit Sam und ich unseren unvergesslichen Abend verlebt hatten. Der Albtraum lag hinter uns. Wir waren wieder Freunde. Manchmal rief er mich an, bevor er die Leiter zu meinem Zimmer erklomm. Manchmal kam er einfach unangemeldet, wie er es früher getan hatte. Bei einem dieser unangemeldeten Besuche kam er mit dieser echt blinden Idee an.

Ich blätterte gerade in einer Zeitschrift, als seine Leiter gegen das Fensterbrett schlug. „Hi, Sam", rief ich, als sein vertrauter, verwuschelter Kopf in meinem Fenster erschien.

„Hi, Clarissa." Sam wälzte sich in mein Zimmer. Er ging ein paar Mal vor mir auf und ab, hielt dann inne und drehte sich mit ausgebreiteten Armen um die eigene Achse. „Na? Siehst du was?", fragte er und wackelte mit den Augenbrauen.

Wäre es nicht Sam gewesen, hätte mich dieses Verhalten etwas irritiert. So aber blickte ich ruhig an ihm hoch und runter und fragte dann: „Was soll ich sehen?"

„Sehe ich nicht irgendwie anders aus?"

Ich stand auf und ging langsam um ihn herum.

„Hm ... dieselbe Frisur, die gleichen Klamotten, kein Ohrring." Ich setzte mich wieder hin und nahm die Zeitschrift. „Also, du siehst aus wie immer, Sam."

„Ich werde niemals wieder so sein wie früher", gab er bekannt. „Ich habe gerade mein erstes Blind-Date abgemacht."

„Blind-Date?" Jetzt hatte er meine volle Aufmerksamkeit. „Du gehst zu einem Blind-Date?"

„Jap. Mein Dad hat mich mit einer Praktikantin aus seiner Redaktion verkuppelt. Sie heißt Amanda. Und nachdem, was er so erzählt, ist sie genau die Richtige für mich."

„Na ja, viel Spaß, Sam. Aber ist das nicht genauso wie diese Katastrophe mit deinen Meerkätzchen?" Vor ein paar Jahren hatte Sam diese Anzeige in einem Comic-Heft gefunden, in der es um diese erstaunlichen kleinen Wesen namens Meerkätzchen ging. Es sollten so süße, so gesunde, kleine, schnuckelige Haustiere sein. Die Anzeige sprach von einem Wunder der Natur.

„Das war was anderes. Da war ich noch klein", sagte Sam schnell. „Außerdem sahen sie hinten auf diesem Comic-Heft so freundlich aus."

„Und was haben sie dir geschickt? Einige wurmige Viecher, die nach einer Woche tot waren. Sei doch ehrlich, Sam. Wenn du auf etwas wettest, das du dir nicht ansehen kannst, wirst du nur enttäuscht werden."

„Hattest du denn schon mal ein Blind-Date?", fragte er herausfordernd.

Ich warf die Zeitschrift auf die Kommode. „Ich hoffe, dass ich in meinem ganzen Leben auf diese Frage immer ‚niemals' antworten werde."

„Clarissa. Du überraschst mich", sagte Sam in einem Ton, der plötzlich weise und seriös klang. „Blind-Dates sind ein wichtiger Schritt auf dem Weg zum Erwachsenwerden. Jeder Teenager muss das erlebt haben. Es wird bestimmt lustig", fügte er hinzu, nahm die Zeitschrift und vertiefte sich schnell darin.

„Was du nicht sagst."

„Also ...", sagte Sam und blätterte konzentriert. „Kommst du mit?"

„Was?" Das wurde ja immer abgedrehter. „Du willst, dass ich mit zu deinem Blind-Date komme? Würde sie das nicht stören?"

„Na ja, da ist noch eine Sache. Amanda hat einen Vetter ..."

Ich riss ihm die Zeitschrift aus der Hand. „Schön, dass du vorbeigekommen bist, Sam."

„Clarissa, du musst mitkommen. Er ist neu in der

Stadt. Er kennt keinen Menschen und … Amanda wird nicht ohne ihn gehen."

„Auf keinen Fall, Sam."

„Ach, komm. Ich und Amanda und du und wie-heißt-er-noch-gleich." Ich hörte eine leichte Panik in Sams Stimme.

„Gib's auf", meinte ich. „Wie stehen die Chancen, dass sich zwei Fremde auf Anhieb mögen? Vermutlich genauso hoch, wie dass Gandhi wieder zum Leben erwacht, mich zusammenschlägt und mir das Geld fürs Mittagessen klaut!"

„Oh, wie romantisch", sagte Sam. „Überleg doch mal, selbst wenn es ein fürchterlicher Abend wird, hast du deine erste Blind-Date-Horrorgeschichte."

„Klar, jedes Mädchen sollte eine haben."

„Komm, Clarissa. Was kann schon passieren? Ich bin doch da. Wenn unsere Blind-Dates sich als Trottel erweisen, können wir immer noch unseren Spaß haben."

Wer hätte diesen verzweifelten Worten widerstehen können? Ich nicht. „Okay, okay, Sam. Ich gehe mit dir." Sofort begann er zu strahlen. „Aber tu mir einen Gefallen", fügte ich hinzu. „Finde heraus, wie dieser Typ heißt."

„Kein Problem. Danke, Clarissa!" Sam eilte zu

Fenster. Dann hielt er inne und lächelte mich an. „Hey, ich gehe zu einem Blind-Date", sagte er. „Ich muss ein Teenager sein."

„Hey, ich gehe auch zu einem Blind-Date", sagte ich, während Sam die Leiter runterkletterte. „Ich muss den Verstand verloren haben!"

Sag einfach: „Hau ab!" Habt ihr auch schon mal die Fernsehwerbung angesehen und euch gefragt, für wen die eigentlich gemacht wird? Neulich habe ich diese Shampoo-Werbung gesehen. Sie ging so: „Probieren Sie WOW, Ihr Haar schwingt! Es gibt Ihnen Glanz, Fülle und mehr Freunde, als Sie gebrauchen können." Dann sagt dieser Wahnsinnstyp mit den grünen Augen zu einem Mädchen, dessen Haare total glänzen und schwingen: ‚Wow, dein Haar schwingt!' Er sagt es so, als würden alle Mädchen ihre Haare schütteln, während sie auf den Bus warten. Dann kichert sie und schenkt ihm dieses 400-Kilowatt-Strahlen und sagt ‚Danke'.

Ich hab den Fernseher ausgeschaltet.

Glaubt ihr an all diesen Blödsinn? Ich glaube, je mehr sie einem glauben machen wollen, wie toll irgendwas ist, desto wahrscheinlicher ist es, dass es ein totaler Reinfall wird. Wie dieses Karussell auf dem

Jahrmarkt, für das man endlich alt genug ist. Und dann findet man heraus, dass das Warten sich überhaupt nicht gelohnt hat. Oder wenn eure Eltern euch erzählen, wie toll es ist, einen kleinen Bruder zu bekommen. Aber was der Storch einem da bringt, ist ein Ferguson und hätte die Aufschrift tragen sollen: Annahme verweigert!

Doch was ist das Hauptereignis im Leben eines Teenagers, das mit großen Hoffnungen beginnt und mit totaler Enttäuschung endet? Blind-Dates! Ihr wisst schon, zwei völlig Fremde treffen sich, gehen aus und verderben sich gegenseitig den Abend. Warum tun Menschen so was?

Ich konnte nicht glauben, dass ich Ja gesagt hatte. Ich konnte nicht glauben, dass ich tatsächlich einverstanden war, mit jemanden auszugehen, den ich überhaupt nicht kannte! Eine Minute nachdem Sam verschwunden war, lief ich nach unten. Ich dachte, ich könnte das Problem vielleicht mit meinen Eltern besprechen. Sie waren schließlich lange genug auf der Welt, um etwas darüber zu wissen. Wenn Sam Recht hatte und Blind-Dates so eine Art Teenager-Ritual auf dem Weg zum Erwachsenwerden waren, dann mussten Mom und Dad es auch mitgemacht haben.

Ich lief in die Küche, wo meine Eltern ein seltsames Wesen anstarrten, das mich wieder an Sams bedauernswerte Meerkätzchen erinnerte – mein Bruder Ferguson. Er hatte die Daumen unter seine Hosenträger geklemmt und schritt vor ihnen auf und ab. Sein elektrisches rotes Haar war glatt nach hinten gegelt. Und auf dem Küchentisch lag eine Aktentasche, aus der lange Gerichtsformulare und große, dicke Gesetzesbücher quollen.

„Ferguson, wir sind dir wirklich sehr dankbar für dein Angebot", sagte meine Mom, „aber dies hier sind keine juristischen Probleme."

Ich brauchte ein paar Minuten, um zu verstehen, worum es eigentlich ging. Offenbar hatte Lafeets Reinigung den blauen Nadelstreifenanzug, den mein Dad so gern trug, verloren. Und Mom hatte bemerkt, dass unsere Nachbarn, die Soapersteins, einen echt scheußlichen Maschendrahtzaun aufstellten. Sie hatten gerade über diese Probleme gesprochen, als Ferg-Face hereinspaziert war. Jetzt versuchte er, sie dazu zu überreden, die Reinigung und unsere Nachbarn zu verklagen.

„Seid ihr nun Bürger dieses Staates oder nicht?", fragte er sie.

„Neulich war ich es noch", sagte Dad.

„Das Amtsgericht ist für Bürger da, für Bürger mit Alltagsproblemen, die nach Klärung verlangen. Für Bürger wie dich und Mom und mich", dozierte Ferguson.

„Ich glaube, du hast einen Bürger zu viel gezählt", sagte ich.

„Schwesterherz, bitte. Dies hier ist eine juristische Angelegenheit, von der du nichts verstehst. Ich berate mich gerade mit meinen Klienten."

„Ferguson, ich gehe schon seit Jahren zu Lafeets. Sie haben eben einen Fehler gemacht. Das ist keine große Sache", sagte mein Dad.

Mom stimmte ein: „Und das Gleiche gilt für die Soapersteins. Ich werde einfach rübergehen und einen netten kleinen Plausch mit ihnen halten."

„Lass mich das machen, Mom", beharrte Ferguson. „Auch wenn du nicht klagen willst, bedenk doch, was dies für einen wundervollen Lerneffekt für mich hat. Angespornt durch meine frühen Erfolge könnte ich weiter machen und Richter am Oberlandesgericht werden."

„Das ist die natürlich Entwicklung", sagte ich. „Oberster Nervtöter bist du ja schon."

„Ferguson", sagte Dad streng. „Ich möchte keinen Ärger."

„Mach dir keine Sorgen, Dad. Ich versteh dich voll und ganz."

„Yeah, mit Ohropax in den Ohren", sagte ich, als sich Ferguson seine Aktentasche schnappte und ging.

„Mann, was für ein Tag." Dad sah geknickt aus.

„Das kannst du laut sagen", stimmte ich ihm zu.

„Warum, was ist los, Schatz?"

„Mom. Dad. Ist einer von euch je zu einem Blind-Date gegangen?"

„Ein einziges Mal", sagte mein Vater. „Das reichte. Als sie die Tür aufmachte, sagte ich: ‚Hey, man hat mir gesagt, du wärst blond.' Sie sagte: ‚Hey, man hat mir gesagt, du sähst gut aus' und schlug mir die Tür vor der Nase zu. Ich nehme an, sie war beleidigt."

„Dumm gelaufen, Dad. Mom, war es bei dir auch so schlimm?"

Mom lächelte. „Ich verdanke meinen Blind-Dates, dass ich mit deinem Vater zusammengekommen bin."

„Aber wir haben uns nicht bei einem Blind-Date kennen gelernt, Janet."

„Ich weiß, aber jedes Blind-Date, zu dem ich ging, war so schrecklich, dass ich wusste, was ich an dir hatte. Nachdem einer dieser Boys meinen Ärmel als Taschentuch benutzt hatte, sah ich dich in völlig anderem Licht."

„Das ist ja herzerwärmend", sagte Dad.

„Also, ich glaub, ich mach mich vom Acker", sagte ich. „Danke, Leute."

Es geht doch nichts über eine Unterhaltung mit Mom und Dad, um die kleinen Unebenheiten auf dem Weg zum Erwachsenwerden zu glätten.

Als ich an diesem Abend ins Bett ging, dachte ich über mein Blind-Date nach. Etwas, das Sam gesagt hatte, geisterte in meinem Kopf herum – und ich meine tatsächlich geistern. Es ging darum, sich keine Sorgen zu machen, wenn es daneben ging, weil ich dann immer noch eine tolle Horrorgeschichte zu erzählen hätte. Eine Horrorgeschichte? War es möglich, dass mein Blind-Date noch schlimmer wurde als das von Mom und Dad? Es war nicht gerade tröstend, dass Vollmond war und Soapersteins Hund in diesem Moment zu heulen begann.

Oh, nein, dachte ich noch, als ich einschlief, wenn ich nun hineingerate in … Die Geheimnisvolle Verabredung aus dem Jenseits?!

Ich hörte es an der Tür klingeln, unterbrochen von einem ohrenbetäubendem Donnerschlag. Blitze erleuchteten die Veranda und die sturmgepeitschten Bäume dahinter. Ich schritt in einem wallenden weißen Kleid mit einem Kerzenleuchter in der Hand die Treppe hinunter, um die Tür zu öffnen. Er war dort … er wartete … ein lauernder Schatten in der stürmischen Nacht.

Ich öffnete die Tür. Ein Windstoß löschte meine Kerzen. Wieder blitzte es. Ich konnte ihn sehen! Er war groß, dunkel und Furcht erregend. Sein Haar war mit einer Tonne Gel nach hinten gekämmt. Die schwarz umrandete Brille vergrößerte seinen eindringlichen Blick. Er lächelte mich an. Die wenigen Zähne in seinem Mund standen schief. Mit seinen verdrehten, behandschuhten Händen umklammerte er einen Blumenstrauß. Er stieß ihn auf mich zu. Sie welkten! „Ich freue mich schon auf unsere Verabredung", sagte er.

Ich schrie so laut ich konnte und raste in die Küche. Die Küchentür schwang auf und dort stand er, in der Hand eine herzförmige Pralinenschachtel. „Etwas Schokolade?", fragte er. Grüner Qualm quoll aus seinem Mund. Ich schlug die Tür zu und rannte nach oben in mein Zimmer. Ich war so erleichtert, endlich in Sicherheit zu sein. Bis mir eine ausgestreckte Hand auf die Schulter klopfte. Eine verdrehte, behandschuhte Hand. Und ich in die verrückten Augen meines Horror-Dates sah.

„Kuckuck", flötete er.

Ich wachte schreiend auf.

Der Albtraum verfolgte mich den ganzen Tag. Je mehr ich darüber nachdachte, desto gruseliger wurde er. Dieser Blind-Date-Kram konnte einen ganz schön fertig machen.

Als Sam vorbeikam, sagte ich: „Also, ich habe über diese Verabredung nachgedacht ..."

Er war völlig entsetzt. „Es ist alles schon abgemacht. Ich habe mit Amanda telefoniert. Sie hörte sich echt cool an. Also diesen Samstag. Ich und Amanda, du und ... Milton."

„Milton? Du verabredest mich mit einem Milton?" Dieser Irre aus meinem Traum hätte ohne Zweifel Milton heißen können.

„Was ist daran so schlimm?", fragte Sam.

„Na ja ..." Ich versuchte es ihm in einfachen Worten zu erklären. „Ich bin eine Clarissa. Du bist definitiv ein Sam. Aber was ist ein Milton?"

„Was ist schon ein Name? Würdest du mit einem Keanu ausgehen, wenn du nicht wüsstest, wie er aussieht?"

„Oh, bitte, Sam. Ich sehe es schon vor mir. Du flüsterst Amanda Liebesschwüre ins Ohr. Und ich diskutiere mit Milton die Staatsverschuldung."

„Glaubst du nicht, dass du etwas übertreibst? Clarissa, ich verspreche dir, dass Milton kein Streber ist."

Sam sah so ernsthaft aus. Und man konnte sehen, wie er sich auf seine Verabredung mit Amanda freute. „Okay, vielleicht ist er kein Streber." Ich fügte mich seiner Begeisterung. „Aber es gibt noch eine Menge ätzender Dinge, die passieren könnten. Guck dir das an." Ich stellte meinen Computer an und öffnete ein neues Spiel. „Es heißt Blind-Date-Terminator."

„Wie funktioniert es?", fragte Sam.

Es begann mit einer Straßenszene. Aus einer Allee materialisierte eine entschlossen wirkende junge Kämpferin – mit langen blonden Haaren und coolen Ohrringen, die mir ziemlich ähnlich sah – und zog ihr Schwert.

„Ich bereite mich vor", erklärte ich Sam. „Wenn mein Blind-Date echt schlimm ist, muss ich bloß zurückschlagen." Kaum hatte ich diese Worte ausgesprochen, als ein Gorilla ins Bild kam. Ich bearbeitete den Joystick. Ich besiegte ihn. „Siehst du? Das war's, Affenmann!" Der Gorilla zerstob in tausend Sterne. Eine schleimige grüne Kreatur nahm sofort seinen Platz ein. „Weiche, Kohlkopf", befahl ich und traktierte den Joystick, bis er sich zischend auflöste.

Das nächste Date war der Horror, angefangen von den Fliegen, die um seine langen, fettigen Haare summten, bis zum Dreck, den er mit seinen riesigen, bemalten Doc Martens aufwühlte. „Bis später, Ekelpaket", sagte ich und warf ihn aus dem Bild. Der Bildschirm färbte sich rot. Ein Triumphmarsch ertönte. Dann kam die Nachricht: „Alle Verabredungen abgewimmelt. Du hast gewonnen!!!"

„Komisches Spiel, aber ... wow, Clarissa, hast du gar keine normalen Leute einprogrammiert?"

„Keiner, der zu einem Blind-Date geht, ist normal", gab ich zu bedenken.

„Na ja, wir gehen zu einem Blind-Date, und wir sind ziemlich normal", widersprach Sam.

„Geht so."

„Clarissa", sagte er, „mir scheint, du suchst nach absoluter Perfektion. Muss es denn unbedingt ein Märchenprinz sein, damit du dich amüsieren kannst?"

„Nein, aber hat nicht schon Alexander Pope gesagt: ‚Erwarte nichts, dann kannst du nicht enttäuscht werden'?"

Als Sam weg war, ging ich nach unten. Was für ein Glück – ich kam gerade rein, als Ferguson meine Eltern über den neuesten Stand der Dinge unterrichtete.

„Ihr werdet mit der Entwicklung eurer schwebenden Verfahren sehr zufrieden sein", sagte er und stolzierte hin und her, als würde er zu den Geschworenen sprechen.

„Wovon redest du?" Dad hörte sich nicht sehr erfreut an.

„Ihr werdet feststellen, dass ich mit dem Bau-Amt gesprochen habe, der Reinigungsvereinigung von Amerika und mit Richter Wapner. Ich bin überzeugt, dass eure Probleme gelöst sind. Dankt mir nicht jetzt, dankt mir später."

„Wofür denn, Ferguson?" Leichte Panik klang in der Stimme meiner Mutter.

Es klingelte an der Tür. „Ich geh schon", sagte ich.

Ein Typ in zerknittertem Anzug mit einer Aktentasche in der Hand stand da. „Sind Sie Janet Darling?", fragte er.

Mom kam zur Tür. „Das bin ich. Was kann ich für Sie tun?"

Er fischte einen Umschlag aus seiner Aktentasche, überreichte ihn ihr und ging. Mom öffnete ihn. „Was ist das? Ich werde von den Soapersteins verklagt?"

Ferguson traute seinen Ohren nicht – die, wie sein Mund, riesengroß sind. „Was?"

„Es ist eine Gegenklage. Ich soll nächste Woche vor dem Amtsgericht erscheinen."

Es klingelte wieder an der Tür. Ich öffnete sie. Der Typ mit dem zerknitterten Anzug stand wieder da. „Sind Sie Marshall Darling?", fragte er diesmal.

„Sehe ich aus wie Marshall Darling?", fragte ich. „*Das* ist Marshall Darling."

Dad trat vor, um seinen eigenen Umschlag entgegenzunehmen. Wie Moms beinhaltete auch dieser nichts als Ärger. „Es ist eine Gegenklage von meiner Reinigung", sagte er ziemlich überrascht.

Mom las immer noch in ihrem Brief: „… wegen Landfriedensbruchs, Belästigung …"

Dad fiel ein: „Verweigerung einer Schlichtung, übler Nachrede … Ferguson, wie können wir eine Gegenklage bekommen, wenn wir niemals geklagt haben?"

„Na ja, Dad", sagte Oberlandesgerichts-Darling, „wir haben geklagt." Dann begann er zu erklären, wie er sich „die Freiheit" genommen hatte, auf eigene Faust einige „kleine Details" zu regeln. Das bedeutete, dass Ferg-Schlange die Unterschriften meiner Eltern gefälscht und sie auf ein paar Klageschriften gesetzt hatte – welche zu den Briefen geführt hatten, die sie jetzt entsetzt lasen. Die erste Regel in Fergodynamics lautet: Wenn Ferguson seine Finger im Spiel hat, wird alles schlimmer.

Es klingelte ein drittes Mal.

„Oh, nein", sagte mein Dad.

„Vielleicht noch eine Vorladung", sagte meine Mom.

Leider nicht. Es waren Blumen für mich. Sie sahen genauso aus wie die, die mir der Irre aus meinem Albtraum mitgebracht hatte!

„Aaaahh!", kreischte ich. „Mom! Hilfe!"

„Was ist, Schatz? Was ist los, Clarissa? Das sind doch nur Blumen." Sie nahm den Strauß. „Ist eine Karte dabei?"

„Sieh du nach. Ich kann nicht."

Da war eine Karte. Mom las sie laut vor. „Ich freue mich schon auf unsere Verabredung. Milton."

„Oh, nein. Das ist schlimmer, als ich dachte", jammerte ich.

„Oh, ja", sagte Mom sarkastisch. „Ich verstehe, was du meinst. Er hört sich wie ein echtes Monster an."

„Nein, du verstehst das nicht", erklärte ich aufgeregt. „Meine schlimmsten Befürchtungen werden wahr. Sam wird mich hassen. Aber ich muss dieses Blind-Date absagen."

Ich war oben und übte Ausreden, als Sam erschien. Ich war in meinem Zimmer auf und ab gegangen und hatte laut vor mich hin gesprochen. *Sam ist echt hartnäckig, dachte ich. Er kennt mich in- und auswendig.* Ich musste mir etwas wirklich Gutes ausdenken. Mal sehen: „Sam", sagte ich zu meinem Spiegel, „wegen der Verabredung ... Ich weiß auch nicht, wie ich das vergessen konnte, aber ich habe meinem Dad versprochen, mit ihm Nachtangeln zu gehen."

Nee. Das würde er mir nie abnehmen.

„Sam", versuchte ich es noch mal und sprach diesmal mit der Schranktür. „Ich kann nicht mit Milton ausgehen. Meine Schulpsychologin hat mir gesagt, dass ein Blind-Date in dieser Phase meiner Entwicklung nicht hilfreich wäre." Ja klar. Als würde Sam glauben, dass ich jemals auf die höre.

Ich versuchte es noch einmal. „Sam ..."

Und da war er. „Hey, Clarissa", sagte er fröhlich. „Also, der Blind-Date-Countdown hat begonnen." Er warf sich in meinen Schreibtischstuhl – ein Traum aus ausgebeulten Shorts und einem ausgeblichenen Hemd, das aus der Hose hing. Er sah so entspannt und glücklich aus.

„Oh, yeah", versuchte ich zu lächeln. Es klappte nicht.

„Wegen der Verabredung, Sam." Dann hatte ich eine andere Idee. „Sam, darf ich dich mal was fragen? Könntest du dir vorstellen, dass ich zum Nachtangeln gehe?"

„Nein. Warum?", fragte er.

„Oh, nur so."

„Weißt du was? Ich habe Amanda gesehen."

„Du hast dein Blind-Date gesehen?"

„Yeah. Und sie ist die totale Erscheinung."

Bingo. Da war sie, die Ausrede, nach der ich gesucht hatte. „Das ist nicht fair!", sagte ich. „Ich gehe nicht zu einem Blind-Date, wenn du nicht auch zu einem Blind-Date gehst!"

„Na ja, mein Date ist halb-blind", erklärte Sam hastig. „Ich habe nicht mit ihr geredet oder so."

„Nein. Zu spät. Ich werde nicht gehen." Ich verschränkte stur die Arme. „Das kann ich nicht machen. Das ist einfach nicht mein Ding."

Sam sagte eine Weile nichts. Aber man konnte sein Hirn hinter seinen panischen großen Augen praktisch rauchen sehen. *Qualm.* Sie muss mitgehen. *Qualm.* Lass dir was einfallen. *Qualm.* Ich hab's! „Okay. Aber Amanda hat meinem Dad von Milton erzählt", sagte er triumphierend. „Er hört sich ziemlich cool an."

Er hatte meine Aufmerksamkeit gewonnen. „Cool?"

„Er hat einen Pferdeschwanz. Er fährt Motorrad. Er spielt in einer Band ..."

Jetzt geriet ich in Panik. „Er hat eine eigene Band? Sam, ich war gar nicht darauf vorbereitet, dass er cool ist. Das ist ja schrecklich."

„Clarissa, du kannst mich jetzt nicht im Stich lassen", sagte Sam schließlich. „Die Verabredung ist morgen. Ich finde so schnell keine andere."

„Seine eigene Band?", fragte ich noch mal. „Oh, Mann ..."

Sam sprang auf und griff nach meiner Hand. „Also kommst du, ja?"

„Oh, na gut", sagte ich.

„Super." Er schüttelte mir die Hand und lief dann zum Fenster. „Ich muss für morgen Abend noch Klamotten kaufen."

„Kaufst du dir ein total neues Outfit?"

„Nee, nur ein paar Kleinteile", versicherte mir Sam. „Ich brauche ein Paar neue Schnürbänder für meine Turnschuhe."

Gewinner und Verlierer. Es ist schlimm, wenn sich dein Blind-Date als ein Trottel herausstellt, aber es kann noch schlimmer sein, wenn er ein richtiger Lottogewinn ist. Dann hast du wirklich Druck. Wenn Milton nun nicht die Meerkatze ist – sondern ich? Wenn er so cool ist, dass ich *seinen* Erwartungen nicht entspreche? Wenn ich nun nervös werde und nur noch vor mich hin blubbere? Ich sehe uns schon im Burger-Restaurant. Milton unterdrückt ein Gähnen, während ich atemlos über diese wahnsinnig interessante Fernsehwerbung plappere oder irgendwas ähnlich Amüsantes. „Weißt du, was mich echt wahnsinnig macht", sagte ich mit dieser verzweifelt lebhaften Stimme. „Wenn man diese kleinen Knötchen auf dem Wollpullover hat, die dieses Waschmittel im Fernsehen immer wegkriegt, aber ich weiß nicht, ob es funktioniert? Glaubst du, dass es funktioniert? Ich meine, wie soll es denn funktionieren? Wenn es wirklich richtig, richtig gut funktioniert, bleibt von deinem Pullover wahrscheinlich nicht mehr viel übrig. Haha. Wusstest du, dass Staub zu 95% aus menschlicher Haut besteht?"

Oder noch schlimmer: Was mache ich in diesen langen, peinlichen Gesprächspausen? Wenn ich nun so nervös werde, dass ich anfange, mich voll zu stopfen? Wenn ich nun die große Fresserei kriege und das genau vor seinen Augen? Ich sehe mich schon Popcorn kauen und eine hübsche laute Limonade schlürfen. Er sagt irgendwas Nettes und ich platze mit diesem ohrenbetäubenden Lachen heraus und kriege Kohlensäure in die Nase, fange an zu husten, huste und spucke nasses Popcorn und vielleicht einen oder zwei Eiswürfel aus ...

Das Einzige, was noch schlimmer ist als eine Verabredung mit einem Idioten, ist eine Verabredung, bei der dich der Typ für eine Niete hält.

Warum muss jedes Teenagerritual einem so viel Stress machen? Seien wir doch ehrlich, es gibt mindestens eine Million Möglichkeiten, sich eine Verabredung zu vermasseln. Und eine der besten ist das Gefühl, dass du eine Enttäuschung sein wirst.

Könnt ihr euch vorstellen, dass man für ein vermasseltes Date verklagt wird? Komische Idee, oder? Nicht für meinen Bruder. Nachdem Sam weg war, ging ich runter, und dort saß Ferg-Face auf dem Sofa, umgeben von Jurabüchern.

„Wenn Mom und Dad dich mit all diesen Gesetzesbüchern erwischen, war's das", ermahnte ich ihn.

„Wenn du es ihnen erzählst, bringe ich dich um."

„Wenn du das versuchst, verklage ich dich."

„Eine Minderjährige kann keinen Minderjährigen verklagen", erklärte Ferguson.

„Das ist wirklich der perfekte Beruf für dich, Ferg-Face. Irgendwann werden dich die Leute sogar dafür bezahlen, dass du nervig, herzlos und intrigant bist."

Natürlich verstand er das als Kompliment und bedankte sich. „Aber komm nicht angekrochen, wenn du Rechtsbeistand brauchst", sagte er.

„Wozu sollte ich einen Anwalt brauchen?"

Er lachte selbstgefällig. „Oh, ich kann mir einen Fall vorstellen, wo sich Blind-Dates gegenseitig verklagen, wenn das Essen, der Abend und ihr ganzes Lebens ruiniert sind!"

„Was? Sag das noch mal, Ferguson. Wovon redest du?"

Er schenkte mir sein widerlichstes, sommersprossigstes Hallihallo-Grinsen. „Tut mir Leid, Schwesterherz, keine kostenlose Beratung", sagte er und sammelte seine Bücher ein. „Vielleicht sollte ich lieber woanders arbeiten."

Was ist, wenn Ferg-Face Recht hat, dachte ich, als er nach oben marschierte. Was ist, wenn ich Milton irreparablen emotionalen Schaden zufüge? Könnte ich tatsächlich eine Vorladung für das Blind-Date-Gericht bekommen? Man konnte sich die Szene leicht ausmalen. Ich saß auf der Anklagebank. Ferguson verbeugte sich schwungvoll vor dem Richter und kam dann zu mir, um mich ins Kreuzverhör zu nehmen. „Sind Sie Clarissa Darling?", würde er beginnen.

„Ja."

Er würde mir den Rücken zudrehen. „Lauter, bitte", würde er sagen.

„Bist du taub, Schleimer?", würde ich vermutlich fragen.

Der Richter würde mit dem Hammer auf den Tisch schlagen. „Ruhe! Ruhe!"

„Ich halte sie für unausstehlich, Euer Ehren", würde Ferguson sagen. Dann würde er auf mich einbrüllen. „Ist es nicht wahr, dass Sie überhaupt nicht die Absicht hatten, eine gelungene Verabredung zu sein? Stimmt es nicht, dass Sie alles in Ihrer Macht taten, um Miltons rechtmäßiges Interesse an einer angenehmen Begleitung zu sabotieren?"

„Ja, aber …"

„Stimmt es nicht, dass Sie sich nicht im Mindesten anstrengten und sich in der Tat wie eine echte Niete benahmen?"

„Aber, Euer Ehren, ich …"

„Und entspricht es nicht der Wahrheit, dass Sie nicht im Mindesten so schlau, gut aussehend oder talentiert sind wie Ihr jüngerer Bruder Ferguson W. Darling?"

Endlich konnte ich Einspruch einlegen.

Doch Ferguson hatte in einem Punkt Recht. Ich ging zu dieser Verabredung nicht gerade mit den besten Absichten. All meine Sorgen und Versuche, mich zu drücken, und meine Überlegung, ob Milton und ich nun füreinander geschaffen schienen, waren vielleicht nicht die beste Einstellung. Vielleicht könnte ich das Ganze als eine Art Abenteuer sehen. Als Herausforderung. Als Gelegenheit. Okay, ich beschloss, mich auf dieses Blind-Date einzulassen. Ich würde mich auf jeden Fall amüsieren. Vielleicht bekam ich mildernde Umstände wegen guten Betragens. Klage abgewiesen.

Der große Abend war gekommen. Sam kam und holte mich ab. Seine Inline-Skate-Tasche hing über seiner Schulter. Er platzte ins Wohnzimmer. „Fertig?" Er hüpfte beinahe vor Nervosität.

„Klar", sagte ich. „Alles in Ordnung?"

„Klar", sagte er hastig.

„Also dann." Ich knöpfte das hellblaue Militärjackett zu, das ich über den Jeans trug. „Jetzt geht's los", sagte ich und nahm meine Inline Skates. „Wo hast du das Hemd her?"

„Warum? Stimmt was nicht? Du findest es furchtbar", sagte Sam. Es war auf der einen Seite schwarz und auf der anderen weiß und hatte überall künstlerisch geschwungene Kritzeleien. Es war okay. Es war neu. Es war ein Hemd.

„Es ist toll. Ich finde es super. Lass uns gehen."

„Nein, du findest es nicht gut. Wie denn auch? Das ist das bescheuertste Hemd, das ich je hatte. Ich werde nicht gehen." Sam stellte seine Tasche ab und setzte sich auf das Sofa.

„Wegen des Hemds? Du willst deswegen nicht mit Amanda ausgehen?"

„Nein, nicht nur deshalb. Auch wegen anderer Sachen." Er seufzte tief auf. „Ich meine, ... wenn Amanda nun total langweilig ist? Wenn mir nichts einfällt, was ich sagen soll? Welcher normale Mensch geht überhaupt zu einem Blind-Date?"

„Oh-oh." Mann, das klang ziemlich bekannt. „Etwas nervös, Sam?"

„Nein. Ich meine, ja. Ich meine ... vielleicht."

„Also, was ist mit all dem Kram, den du mir die ganze Woche erzählt hast? Du weißt schon: ‚Das wird toll', ‚Das ist ein Teenager-Ritual auf dem Weg zum Erwachsenwerden', ‚Ich bin ja da.'"

„Ach, vergiss es", sagte Sam düster.

Das Telefon klingelte. Ich nahm ab. „Hallo? Oh, hi, Milton." Seine Stimme klang locker, freundlich, entschuldigend. Es schien so, als hätte auch Amanda es sich noch einmal anders überlegt. Sie hatte versucht, Sam anzurufen, ihn zu Hause aber nicht mehr erreicht. Als ihr Vetter sie abholen wollte, bat sie ihn, für sie beide abzusagen. Es tat ihm wirklich Leid. Er sagte, er hätte sich wirklich darauf gefreut, mich kennen zu lernen – irgendwie. Vielleicht ja ein andern Mal. Auf andere Weise. Blind-Dates waren auch so … seltsam … ob ich das nicht auch fände.

„Na ja, danke für die Blumen", sagte ich. „Bye."

Ich wandte mich zu Sam um. „Amanda hat abgesagt."

„Was? Warum?" Innerhalb von ein paar Sekunden war er nicht mehr niedergeschlagen, sondern beleidigt.

„Oh, als ob du es unbedingt wolltest. Sie hatte irgendeine Ausrede."

„Oh, toll. Weißt du, wie lange ich gebraucht habe, um dieses Hemd auszusuchen?"

Ich setzte mich neben ihn. „Also, was willst du jetzt machen, Sam?"

„Ich weiß nicht. Ich kann nicht glauben, dass sie mich versetzt hat."

„Na ja, ich bin sicher, dass es nicht persönlich gemeint war. Milton meint, es sei eher dieses ganze Blind-Date-Ding."

Sam war seiner Meinung. „Ich finde es auch ziemlich peinlich. Nur jetzt werde ich sie nie kennen lernen."

Klick. In meinem Kopf ging eine kleine Lampe an. „Es wäre nicht so peinlich, wenn wir sie einfach treffen würden, stimmt's?"

„Wir *hätten* sie beinahe getroffen, Clarissa."

„Nein", sagte ich. „Ich meine, wenn wir uns wirklich treffen würden. Wenn wir uns sozusagen zufällig begegnen würden, zum Beispiel auf der Inline-Skate-Bahn. Wenn wir alle *zufällig* da wären. Und wenn wir nun *zufällig* ins Gespräch kämen …"

Sams Gesicht hellte sich auf. „Du meinst …?"

„Es ist ja noch nicht zu spät, oder? Ich rufe einfach Milton an und sag ihm, wo wir hingehen. Hast du Amandas Nummer?" Er suchte in seiner Tasche und holte sie heraus. Er reichte mir den heiligen Zettel, den er seit Tagen mit sich herumtrug. „Okay, toll", sagte ich und tippte die Nummer ein. Milton nahm ab. „Hi", sagte ich. „Hallo, Milton, hier ist Clarissa. Nein, das ist schon okay. Ich wollte euch nur sagen, dass Sam und ich zur Inline-Skate-Bahn gehen. Klar, wir werden da eine Weile bleiben. Okay. Gut, wir werden sehen. Bye." Ich legte auf. „Ich glaube, sie kommen, Sam."

„Cool", sagte er und schulterte wieder seine Tasche. „Das ist das erste Mal, dass wir jemanden kennen lernen, dessen Namen wir bereits wissen."

In diesem Moment kam Ferguson mit der Aktentasche in der Hand zur Haustür herein. „Hört, hört! Sieg für die Darlings!", rief er.

Mom öffnete die Küchentür. „Was ist los, Ferguson?"

Dad kam aus seinem Arbeitszimmer. „Erzähl mir nicht, dass wir wieder verklagt werden", grollte er. „Ich hab dir deutlich genug gesagt, die Finger davon zu lassen."

„Stimmt, aber nach reiflicher Überlegung ist mir klar geworden, dass ein guter Anwalt sich niemals von den Gefühlen seiner Klienten beeinflussen lassen darf. Und ich habe gute Nachrichten. Die Angeklagten erklären sich einverstanden, ihre Gegenklagen zurückzuziehen, wenn wir uns bereit erklären, unsere Anzeigen zurückzunehmen. Das hat nichts mit An*zügen* zu tun, Dad. Ich liebe Jura."

„Das klingt für mich so, als hätte es nicht viel mit Jura zu tun", sagte Mom. „Wir wären niemals verklagt worden, wenn du dich nicht eingemischt hättest, Ferguson."

„Ein strittiger Punkt, wie wir Rechtsanwälte sagen

würden. Der einzige Haken an der Sache ist, dass Mr. Lafeet mir Hausverbot erteilt hat. Natürlich werde ich das vor Gericht anfechten."

„Es wird ziemlich schwer für dich werden, irgendetwas vor Gericht auszufechten, wenn du den nächsten Monat Hausarrest hast", sagte mein Vater. Er wandte sich abrupt um und kehrte in sein Arbeitszimmer zurück. Mom ging wieder in die Küche.

„Hausarrest?", wiederholte Ferguson. Er sah auf die geschlossene Küchentür, drehte sich zum Arbeitszimmer um und beschloss, seine Überredungskünste an Dad auszuprobieren. „Warte, Dad", rief er und eilte zum Arbeitszimmer. „Man kann doch über alles verhandeln."

„Das glaube ich kaum", versicherte ich ihm. „Also, Sam, es gibt doch noch Gerechtigkeit in dieser Welt."

„Ja!", sagte Sam. „Lass uns jetzt zur Inline-Skate-Bahn gehen. Weißt du, Clarissa, ich habe so das Gefühl, ich könnte heute Abend ein echt cooles Mädchen kennen lernen."

„Hoffentlich hat sie einen Vetter", sagte ich. Wir machten einen Luftsprung und marschierten los.

Am Sonntagmorgen nahm ich an einer meiner Lieblingsszenen teil: Meine Mom drohte Ferguson.

„Willst du auf zwei Monate erhöhen?", antwortete sie auf Fergusons letzten „Verhandlungs"-Versuch. Wenn ich ihn richtig verstanden hatte, versuchte er Mom davon zu überzeugen, dass pastellfarbene Cornflakes mit dem Nährwert von gezuckerter Pappe besser waren als das gesunde Frühstück, das sie ihn serviert hatte.

„Können wir ihn nicht bis zum Sommer in den Keller sperren?", fragte ich sie.

„Guten Morgen, kleine Schlafmütze", sagte Mom. „Wie war die Verabredung?"

„Ziemlich gut", sagte ich. „Wir gehen alle nächste Woche zu einem Konzert von Miltons Band. Wird bestimmt nett. Er ist zwar nicht der Märchenprinz, aber zumindest ist er kein Kohlkopf."

Sie sah ein wenig verwirrt aus. „Also, das freut mich zu hören", sagte sie, wie immer auf meiner Seite.

Dad trug eine große Schachtel herein. Mr. Lafeet hatte ihm einen neuen Anzug gekauft – damit Dad dafür sorgte, dass Ferguson nicht mehr in seinen Laden kam. Mom sagte, dass die Soapersteins ihren Zaun wieder abreißen würden. Sie hatte mit ihnen gesprochen und alle waren sich einig, dass eine nette grüne Hecke und einige Fliederbüsche schöner aussahen. Und wir würden ihnen dabei helfen, sie im Frühling zu pflanzen.

„Oh, Clarissa." Mom schnalzte plötzlich mit den Fingern. „Eine meiner Kolleginnen im Kindermuseum hat einen Neffen, der ein paar Wochen bei ihr wohnt. Er ist in deinem Alter. Meinst du, du könntest ihm mal ein bisschen die Stadt zeigen?"

„Du meinst, ein Blind-Date?", fragte ich.

„Na ja." Mom lächelte und zuckte mit den Schultern. „Du hast dich doch gestern gut amüsiert, oder? Vielleicht sind Blind-Dates gar nicht so schlecht."

„Was Blind-Dates betrifft, Mom", sagte ich, „glaube ich, dass sich die Geschworenen noch nicht geeinigt haben."

Boys ... und andere menschliche Wesen

Natürlich habe ich dieses Buch über Boys aus der Sichtweise eines Mädchens geschrieben. Das liegt vielleicht daran, dass ich ein Mädchen bin. Tolle Einsicht, was? Es ist keine große Überraschung, dass ich die Mädchen-Boys-Geschichte von dieser Seite her sehe. Aber ich glaube, Jungen und Mädchen haben eine Menge gemeinsam.

Zum einen erleben wir beide dieses Teenager-Ding. Diese Brücke zwischen Kindheit und Großsein. Diese verrückte, aber – wie uns unsere Eltern erklären – begrenzte Zeit im Leben, wo sich alles viel zu schnell verändert. Deine Stimme, deine Meinungen, deine Schuhgröße ... aber andererseits findet man, dass sich nichts schnell genug verändert.

Ich glaube, dass diese Y-Chromosomen-Gemeinschaft, auch als Boys bekannt, die meisten Sachen, von denen ich in diesem Buch erzählt habe, auch kennt. Zum Beispiel, wie wir den anderen ständig in anderem Licht sehen. Wie Leute, die Freunde, Kumpel, Amigos sind, plötzlich Gefühle füreinander entwickeln. Das wird oft begleitet von

1) Der Unmöglickeit einer normalen Unterhaltung
2) Schnellerem Pulsschlag, und
3) Wechselnden Phasen von Verwirrung und Ekstase beim Anblick – oder nur beim Gedanken an den Anblick – deines Schwarms.

Diese Gefühle hatte Sam fast eine Woche für Elise Quackenbush.

Natürlich bist du manchmal nur die Verknallte und manchmal ist man die, in die jemand anderes verknallt ist. Oder du ziehst das große Los und bist beides gleichzeitig. Oder es knallt überhaupt nicht.

Was haben wir noch gemeinsam? Verabredungen. Kurze, regelmäßige, merkwürdige. Kurze, wie die, als Sam beschloss, dass ich das Mädchen sei, mit dem er sich verabreden sollte – und wir gehen einmal aus, fühlen uns fürchterlich unwohl und beschließen, wieder bloß Freunde zu sein. Regelmäßige Verabredungen, wie bei Sam und Elise, die Limonade trinken, Fahrräder anmalen und sich irgendwann fürchterlich miteinander langweilen. Und merkwürdige Verabredungen, wie mein Treffen mit einem gut aussehenden, netten Schlagzeuger namens Paulie, der glaubte, er gehe mit einer obercoolen Punk-Göttin namens Jade aus, die ich spielte. Oh, ja, und dann gibt es Blind-Dates. Das ist nicht geschlechtsspezifisch. Jungen machen es. Mädchen machen es. Es sind Erfahrungen für die ganze Familie. Und jeder bereut es, zumindest einmal.

Wo wir gerade von Reue sprechen – meine Mom findet sie gut. Sie hat diese total optimistische Einstellung, dass Reue, Fehler, Peinlichkeiten und nervenzerreißende Augenblicke – ich zitiere: „die besten Lehrmeister" sind. Wenn das stimmt, gewinnen Sam und ich auf jeden Fall das Rennen! Hier ist die Gleichung meiner Mom: Ohne Versuch keine Reue. Ohne Versuch kein Erfolg. Wer hat noch gesagt: „Wenn du nicht gleich Erfolg hast, mach dir nichts draus?"

Mein Dad hat mir diese Geschichte erzählt: Drei Leute sitzen mitten auf einem See in einem Boot. Zwei sind sehr gute, erfahrene Angler. Der dritte hat noch niemals geangelt. Der erste alte Angler sagt: „Oh, ich habe mein Essenspaket vergessen." Er steigt aus dem Boot und geht über das Wasser und kommt mit seinem Essenspaket zurück. Der zweite erfahrene Angler sagt: „Oh, nein. Ich habe meine Jacke am

Ufer gelassen." Er steigt aus, geht über das Wasser und kommt mit seiner Jacke wieder. Der Junge, der noch nie geangelt hat, ist sprachlos. Wow, denkt er, das versuche ich auch mal. Er steigt aus dem Boot und geht sofort unter. Die Alten ziehen ihn raus und bringen ihn ins Krankenhaus. „Tss", sagt der eine zum anderen, „hätte er uns doch gefragt, dann hätten wir ihm zeigen können, wo die Felsen sind."

Das Leben ist toll, witzig, aufregend und manchmal ein wenig steinig. Und genauso ist es mit diesem Jungen-Mädchen-Kram. Vor allem für einen Anfänger. Mein Dad würde vermutlich sagen: „Stell Fragen. Finde heraus, wo die Felsen sind." Und Mom würde hinzufügen: „Mach es so gut wie du kannst, aber erwarte nicht, dass du ans Ufer gelangst, ohne ein bisschen nass zu werden."

Alles Liebe,
Clarissa

Über die Autorin

H. B. Gilmour ist die Autorin von „Ask Me If I Care", den TV-Romanen zu „Pretty in Pink" und „Clueless" und mehr als fünfzehn anderen Büchern für Erwachsene und Jugendliche. Als Fan von Clarissa lebt sie in New York und erteilt liebend gern Ratschläge.

zauberhaft

Tante Hilda leidet an magischem Schluckauf. Bei jedem Hic passiert etwas Unerwartetes. Der Kühlschrank verwand sich in eine Kuh, Sabrinas Essen in ein 3-Gänge-Menü. Als schlie lich Benjamin Franklin auf dem Küchentisch steht, haben Sabri und ihre Tante ein echtes Problem. Denn Benjie sollte sich eige lich im Jahr 1776 befinden, um die Amerikanische Unabhäng keitserklärung zu unterzeichnen. Wenn sie ihn nicht möglich schnell wieder in seine Zeit zurückbefördern, ist die amerikanisc Geschichte in Gefahr! Aber Sabrina behält einen kühlen Kopf

Der Roman zur total verhexten TV-Seri